ハヤカワ・ミステリ文庫

〈HM㊻-5〉

ミレニアム6
死すべき女
〔上〕

ダヴィド・ラーゲルクランツ

ヘレンハルメ美穂・久山葉子訳

早川書房

8634

HON SOM MÅSTE DÖ

by

David Lagercrantz

Translated by
Miho Hellen-Halme & Yoko Kuyama
First published by
Norstedts, Sweden, in 2019
Published 2021 in Japan by
HAYAKAWA PUBLISHING, INC.
This book is published in Japan by
direct arrangement with
NORSTEDTS AGENCY.

アビスコ（国立公園）
ボスニア湾
イェーヴレ
ティエルプ
ウップランド地方
ウプサラ
150
100
50
0
(km)
ストックスンド
ストックホルム
ハーニンゲ
オーレ
エステルスンド
ボスニア湾
ノルウェー
フィンランド
サンクト
ペテルブルク
アーランダ空港
スウェーデン
ウプサラ
ストックホルム
サンド島
（サンドハムンがある）
トロングスンド
エストニア
ロシア
モスクワ
リュブリョフ
バルト海
リンシェーピン
イェーテボリ
ラトビア
デンマーク
リトアニア
コペンハーゲン
ロシア
（飛び地）
ベラルーシ
ドイツ
ポーランド

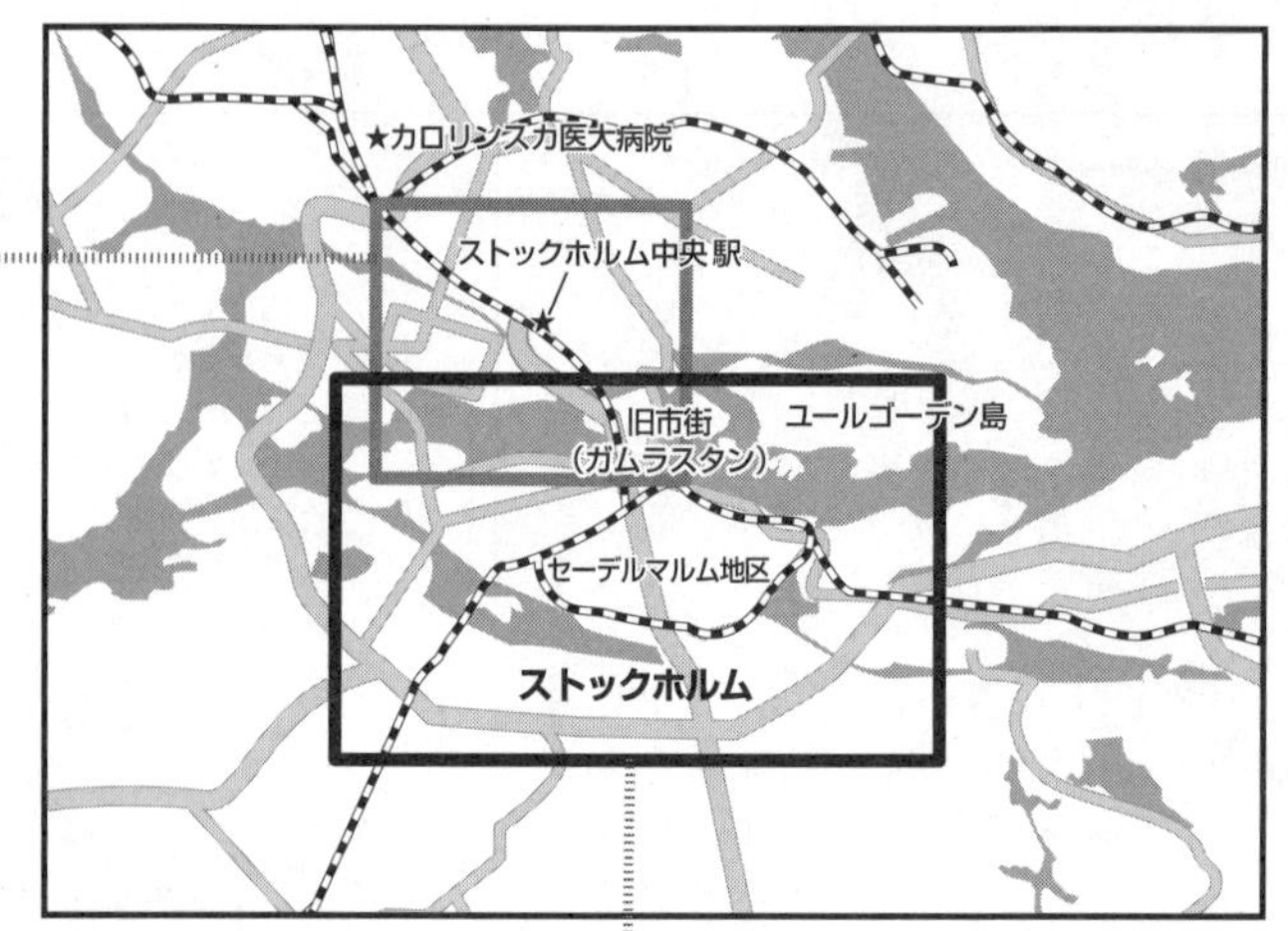

ストックホルム

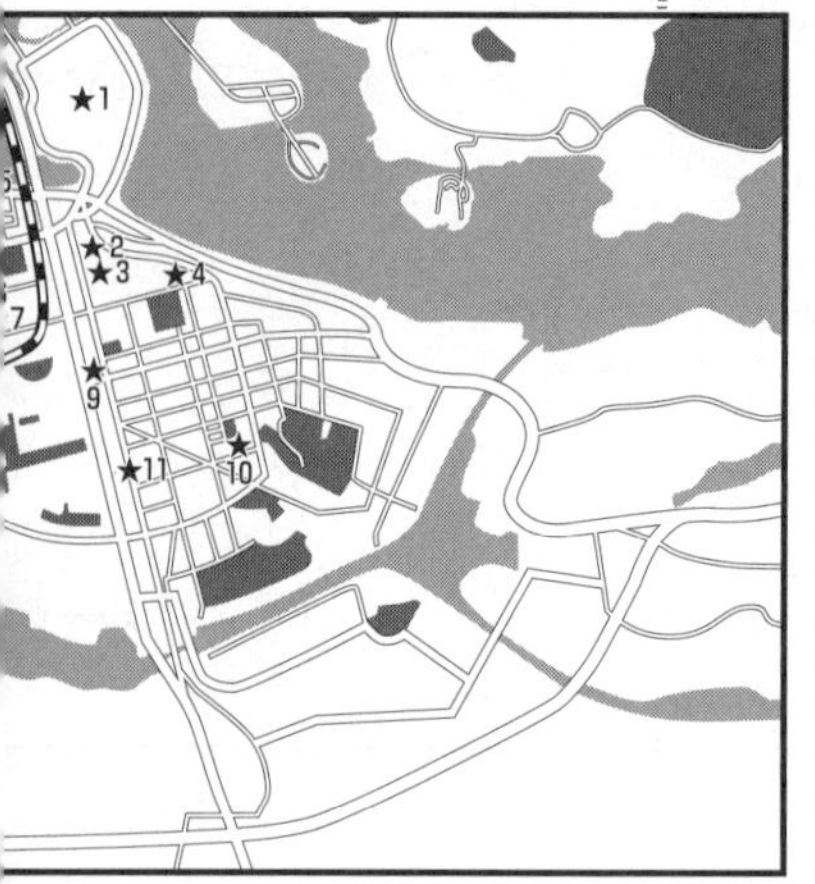

1 ：旧市街（ガムラスタン）
2 ：スルッセン
3 ：『ミレニアム』編集部
4 ：リスベットの旧自宅
5 ：ミカエルの自宅
6 ：サンクト・パウル通り
7 ：ベルマン通り
8 ：ストックホルム南駅
9 ：メドボリアル広場
10：ニィトリエット広場
11：ヨート通り
12：ホルン通り
13：マリアトリエット広場
14：スヴェーデンボリ通り
15：ノール・メーラルストランド通り
16：ルンダ通り
17：シンケンスダム駅（地下鉄）
18：リング通り
19：タントルンデン公園
20：ローセンルンド通り

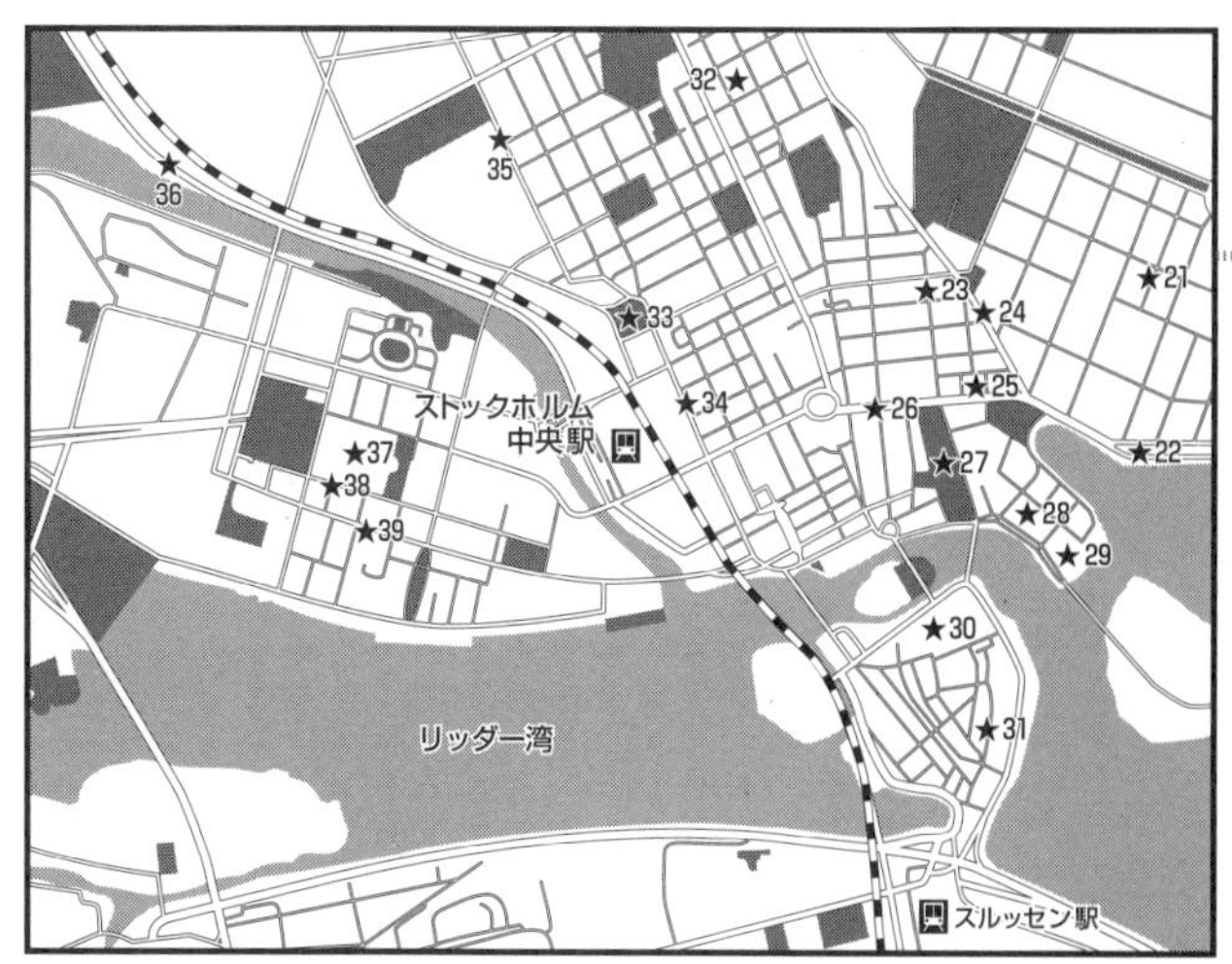

拡大図

21：ユングフルー通り
22：ストランド通り
23：ノルランド通り
24：ビリエル・ヤール通り
25：ノルマルム広場（ホテル・ノービスがある）
26：ハムン通り
27：クングストレードゴーデン公園
28：グランド・ホテル
29：ホテル・リドマル
30：王宮
31：エステルロング通り
32：ホテル・ヘルステーン
33：ノーラ・バーントリエット広場
34：ヴァーサ通り
35：ダーラ通り
36：クララストランド街道
37：警察庁舎（県警本部などがある）
38：ベリィ通り
39：ハントヴェルカル通り

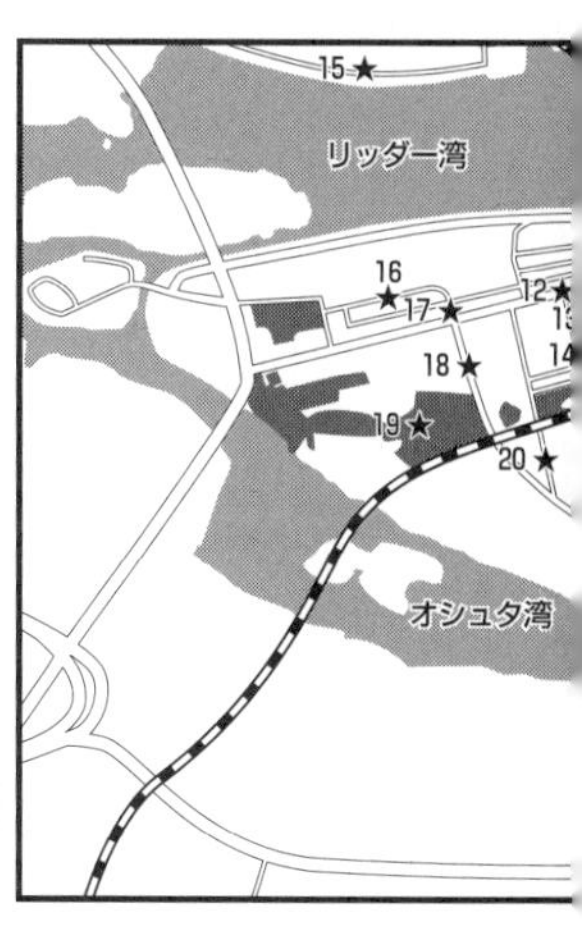

拡大図

登場人物

ミカエル・ブルムクヴィスト……『ミレニアム』の共同経営者・記者
エリカ・ベルジェ……同編集長・共同経営者
ソフィー・メルケル……同記者
アニカ・ジャンニーニ……ミカエルの妹。弁護士

リスベット・サランデル……背中にドラゴンのタトゥーのある女。ハッカー
アグネータ……リスベットの母親
プレイグ……リスベットの友人。ハッカー
ドラガン・アルマンスキー……警備会社ミルトン・セキュリティーの社長
パウリーナ・ミュラー……リスベットの友人
トーマス・ミュラー……パウリーナの夫
ウルリケ・イェンセン……コペンハーゲンで働く警部補
カディ・リンデル……リスベットが住んでいたマンションの購入者

カミラ（キーラ）……………リスベットの双子の妹
アレクサンデル・ザラチェンコ（ザラ）……リスベットの父親。元GRU工作員
イヴァン・ガリノフ……………元GRU工作員
ウラジーミル・クズネツォフ……………フェイクニュースの発信者
ユーリー・ボグダノフ……………コンピュータエンジニア
ペーテル・コヴィッチ……………オートバイクラブのメンバー

フレドリカ・ニーマン……………法医学者
カトリン・リンドース……………評論家
ヘイッキ・ヤルヴィネン……………元工場労働者
マッツ・サビーン……………軍事史の専門家
ロバート・カーソン……………特異な遺伝子を持つ男
チャーリー・ニルソン……………酒の密売人

ヨハネス・フォシェル……………国防大臣
レベッカ・フォシェル……………ヨハネスの妻
スヴァンテ・リンドベリ……………ヨハネスの友人。政務次官

クララ・エンゲルマン……………………元モデル
スタン・エンゲルマン…………………クララの夫。大物実業家
ヴィクトル・グランキン………………山岳ガイド
リリアン・ヘンダーソン………………雑誌の記者
ヤン・ブブランスキー…………………ストックホルム県警犯罪捜査部警部
ハンス・ファステ………………………同刑事
ソーニャ・ムーディグ…………………ブブランスキーの部下

目次

ミレニアム6
死すべき女
〔上〕

プロローグ

その夏、それまではいなかったひとりの物乞いが街に現われた。誰も彼の名を知らず、知ろうともしなかったが、毎朝彼のそばを素通りしていた若いカップルは、彼のことを〝頭のいかれたこびと〟と呼んでいた。少なくとも後半は不当な呼び名である。医学的な意味で低身長というわけではなかった。彼の身長は百五十四センチあり、頭身の比率も標準的だった。だが精神を病んでいるのは事実で、いきなり立ち上がって道行く人につかみかかり、支離滅裂な話をすることもままあった。

とはいえ、たいていはマリアトリエット広場、北欧神話の神トールの銅像のある噴水の脇で、段ボールの切れ端に座っていて、そんな彼を見て逆に畏敬の念を抱く人もいた。背筋をまっすぐに伸ばし、毅然（きぜん）と顔を上げて座っている彼は、まるで落ちぶれた族長か何かのようで、それこそが彼に残された、社会に認められるための唯一の元手、人々がいまなお小銭や紙幣を彼に投げ与える理由でもあった。失われた偉大さの名残があるように感じられるのだ。実際、そのとおりだった。人々が彼に頭を下げていた時代が、かつて確かにあった。

だが、いまの彼はとうの昔にすべてを奪われている。そのうえ顔の一部が真っ黒になっていて、まるで死そのもののかけらがそこにあるように見えた。ひとつだけ異彩を放っていたのが、彼のダウンジャケットだ。色は青、マーモット社製の高価なフード付きジャケットだった。とはいえ、それを着ているからといって、彼がふつうに見えるわけではまったくなかった。ジャケットが汚れや残飯にまみれているからというだけではない。極地で着るもののようだが、ストックホルムは真夏だ。うだるような暑さの中で、彼の顔から汗がしたたり落ちると、人々は不快そうな表情でそのジャケットを見やる。見ているだけでよけいに暑くなる、とでも言いたげに。それでも、彼がジャケットを脱ぐことはけっしてなかった。

もはや完全な落伍者(らくごしゃ)でしかなく、彼が他人を脅(おびや)かすことがあるとは考えにくかった。ところが八月の初め、彼の瞳(ひとみ)にそれまでよりも決然とした表情が宿った。十一日(火)の午後、彼は罫線の入ったA4用紙に何やら込み入った物語を書きつけると、同日の夜、その紙をストックホルム南駅そばのバス停の掲示板に、壁新聞よろしく貼り出した。

書かれていたのは、すさまじい嵐について語った、どこか幻覚じみた物語だった。にもかかわらず、四番バスを待っていたエルセ・サンドベリという名の若い研修医が、物語の初めのほうをところどころ解読して、ある閣僚の名が記されていることに気づいた。だが、そのことよりも、この文章を書いた人物に病名をつけることのほうに熱中していた。妄想型統合失調症だろう、と彼女は推測した。

十分後、バスに乗り込んだ彼女はもう全部忘れてしまっていて、ただ胸騒ぎのような不快感だけが残っていた。ある意味、カサンドラにかけられた呪い（ギリシャ神話で、カサンドラは予言の能力を与えられたが、同時にその予言を誰も信じないという呪いをかけられた）のようなものだ。誰も彼の話を信じない。彼が紡ぐ真実は、分厚い狂気に包まれてしまっていて、ほとんど見えてこないのだ。それでも、彼の言わんとしたことが何らかの形で伝わったのだろう。翌日の朝にはもう、白シャツ姿の男が青いアウディから降りてきて、貼り出されたその紙を破り取っていた。

八月十四日（金）から十五日（土）にかけての夜、物乞いの男は密売酒を求めてノーラ・バーントリエット広場へ向かった。そこで別の酔っ払いに出会った。フィンランド西部出身の元工場労働者、ヘイッキ・ヤルヴィネンだ。

「よう、兄弟。切羽詰まってるみたいだな？」とヤルヴィネンは言った。

答えは返ってこなかった。少なくとも、しばらくのあいだは。やがて男は長広舌をふるいだしたが、ヘイッキにはほら吹きの出まかせにしか聞こえず、彼は「くだらねえ」と吐き捨てたうえで、いらぬひとことを口にした――本人も、あれはよけいだったとのちに認めている。「何だよ、中国人めが、チンチョンチャン」と言ったのだ。

「ミー・カンバ・チェン、アイ・ヘイト・チャイナ」と物乞いは怒鳴り返した。

それだけでは終わらず、男は指の欠けた手でヘイッキに殴りかかった。訓練された動きではなかったが、それでも彼の暴力には思いがけない力強さがあった。ヘイッキは口から血を流しつつ、フィンランド語で盛大に悪態をつき、よろめきながらその場を去ってストックホルム中央駅の地下鉄ホームへ下りていった。

そのあと、物乞いの男はいつもの界隈に戻ったところを目撃されている。泥酔状態で、いかにも具合が悪そうだった。口から唾液を垂らしながら、自分の喉に手を当てて、英語でこうつぶやいていた。

「とても疲れた。ダラムシャーラーを見つけなければ。ラワもだ、とてもいいラワも要る。知っているか？」

人にそう話しかけても、答えを待つことはなく、そのまま夢遊病者のごとくリング通りを渡ると、ほどなくラベルのついていない酒のハーフボトルを地面に投げ捨て、タントルンデン公園の木々のあいだに消えていった。そのあとに何が起きたかは、誰にもよくわかっていない。わかっているのは、朝方に小雨が降っていたこと、北風が吹いていたことだけだ。八時、風が弱まって空が晴れてきたころ、男は地面に膝（ひざ）をつき、白樺の木にもたれかかって座っていた。

公園のそばの道路では深夜マラソン大会の準備が行なわれていて、その界隈はまるでお祭りのような雰囲気だった。あたりに漂いはじめた歓喜に包まれ、物乞いの男は死んでいた。想像を絶する大冒険、英雄的な偉業をいくつもなしとげた人生だったが、関心を向ける人はひとりもいなかった。ましてや、彼がたったひとりの女性を生涯愛したこと、その女性もまた、計り知れない孤独の中で息を引き取ったことなど、誰ひとりとして気にかけはしなかった。

第一部　名もなき人々

死者の名が判明しないことはよくあり、墓すら与えられない死者もいる。何千と並ぶ白い十字架のひとつを与えられる場合もある。フランスのノルマンディー地方にある米軍兵士の墓地がその一例だ。

数は少ないが、中には記念碑を与えられる人もいる。たとえば、パリの凱旋門やモスクワのアレクサンドル庭園にある、無名戦士の墓などである。

第一章

八月十五日

最初に勇気を出してその木に近づき、男が死んでいることに気づいたのは、作家のインゲラ・デューヴァだった。時刻は午前十一時半だった。悪臭が漂い、蠅や蚊があたりを飛びまわっていた。インゲラ・デューヴァはのちに、この男の姿に心を揺さぶられたと語ったが、その証言には多少の嘘がまじっていた。

男には嘔吐や、ひどい下痢の跡があった。だから死者を敬う気持ちよりも不快感のほうが強く、いつか来る自分自身の死が怖くもなった。十五分後に現場に到着した警察官、サンドラ・リンデヴァルとサミル・エマンも、この任務を何かの罰のようにしか感じていなかった。

ふたりは男の写真を撮り、近辺を捜索したが、シンケン通りをはさんだ反対側の下り斜面までは捜索しなかった――そこには例のハーフボトルが落ちていて、底に砂のようなものが薄く溜まっていたのだが。〝犯罪が行なわれたようには見えない〟とふたりとも感じたが、それでも男の頭と胸郭をていねいに調べた。暴力をふるわれた形跡はなく、口から大量に唾液が垂れていたことを除けば、不審死であることを示すしるしもとくになかったので、ふたりは上司に相談した結果、現場を立入禁止とはしないことにした。

死体を搬送する救急車を待ちつつ、ふたりは男が着ていたかさばるダウンジャケットのポケットを探った。ホットドッグの屋台の薄紙がたくさん見つかったほか、小銭がいくつかと二十クローナ紙幣一枚、ホルン通りの事務用品店のレシートが一枚あった。が、身分証明書に類するものは何もなかった。

それでも、男の身元は簡単にわかるだろうとふたりは思っていた。目を引く特徴がたくさんあったからだ。だが、この仮説もまた間違っていた。死体はソルナの法医学局で解剖され、歯のレントゲン写真が撮影されたが、その歯型も、男の指紋も、データベースに該当するものはなかった。そこで法医学者のフレドリカ・ニーマンは、一連の検査用サンプルをＮＦＣ（国立科学鑑定センター）に送ったのち、本来彼女の仕事ではないにもかかわらず、男のズボンのポケットに丸めて突っ込まれていた紙切れを見て、そこに記された電話番号を調べてみた。

その番号のひとつが、雑誌『ミレニアム』のミカエル・ブルムクヴィストのものだった。フレドリカはそれ以上考えることなく数時間を過ごした。だが、その日の夜、ふたりいる十代の娘の片方と喧嘩(けんか)をし、精神的にぐったり疲れていたところで、ふと思い出した。ここ一年だけを振り返ってみても、解剖した遺体の中に、名前のわからないまま埋葬されたのが三体ある。彼女はその事実を呪い、人生そのものにも悪態をついた。

フレドリカ・ニーマンは四十九歳、子どものふたりいるシングルマザーで、腰痛と睡眠不足、何もかもが無意味だという感覚に苦しんでいる。自分でもなぜかよくわからないまま、彼女はミカエル・ブルムクヴィストに電話をかけた。

電話がブーンと震える。知らない番号からで、ミカエルは着信を無視した。ちょうど自宅を出て、スルッセンや旧市街(ガムラスタン)のほうに向かって、ホルン通りを歩いているところだった。が、どこが目的地なのかは自分でもさっぱりわかっていなかった。グレーの麻のズボンに、アイロンのかかっていないデニムシャツという服装で、小道を長いことさまよったあげく、エステルロング通りの店のテラス席に落ち着き、ギネスを注文した。

時刻は夜の七時だった。が、まだ暖かく、シェップスホルメン島のほうから笑い声や拍手が聞こえてくる。ミカエルは青空を見上げ、水辺のほうからさわやかなそよ風が吹いてくるのを感じて、何だかんだ言っても人生そう悪いものじゃないな、と自分に言い聞かせようとした。が、あまりうまくいかなかった。ビール一、二杯ではさしたる変化もなく、ミカエルは結局、何やらぶつぶつとぼやいてから、会計を済ませ、家に帰って仕事を続けることにした。いや、テレビドラマか推理小説に没頭するのもいいかもしれない。

だがその直後、また気が変わって、彼は衝動的にモーセバッケ広場へ、その先のフィスカル通りへ向かった。フィスカル通り九番地にはリスベット・サランデルが住んでいる。彼女が家にいるだろうとはあまり思っていない。かつて彼女の後見人を務めていたホルゲル・パルムグレンの葬儀のあと、リスベットはヨーロッパじゅうを旅してまわっていて、ミカエルのメールやSMSに、ごくたまにしか返事をよこさないのだ。それでもミカエルはいちかばちか、呼び鈴を鳴らしてみようと考えた。モーセバッケ広場からフィスカル通りへの階段を上がり、前方にそびえる建物に驚きの目を向けた。外壁が新しいグラフィティで埋めつくされている。タータンチェックのズボンをはいて、緑色の地下鉄車両の上に裸足で立っている奇妙な小男など、シュールな細部に満ちた見ごたえのあるグラフィティだったが、ミカエルが鑑賞に時間をかけることはなかった。

代わりに建物入口の暗証番号を押し、エレベーターに乗ると、中の鏡をじっとにらみつけた。今年の夏は暑く、よく晴れた日が続いているが、彼の姿からはそれがほとんど伝わってこない。顔色は青白く、目の下には隈ができていて、ミカエルは七月ずっと必死になって取り組んでいた、あの株価暴落の件にあらためて思いを馳せた。重要なテーマであることに疑いの余地はない。株価の高騰、ふくらみすぎた期待だけでなく、ハッカーによるサイバー攻撃、虚偽情報拡散キャンペーンも原因となって起きた暴落だ。いまや第一線で調査報道に携わっているジャーナリストは皆、ひとり残らずこの件を調べている。ミカエル自身、突きとめたことはいくつかあった——たとえば、最も目に余るフェイクニュースを広めたのが、ロシアのどこの〝トロール工場〟（インターネット上での世論操作を目的に虚偽情報を拡散する組織。トロールはネット上で荒らし行為をする人を指す言葉）だったかを明らかにした——が、自分がいなくても世界はまわると感じた。いまは単に休みを取ったほうがいいのではないか。健康のために運動を始めるべきでもあるし、夫のグレーゲルと別れようとしているエリカに、もっと気を配ってやるべきかもしれない。

エレベーターが速度を落として止まり、ミカエルは鉄格子の引き戸を開けて目的の階に降り立った。やはり無駄足だという気がしてならない。リスベットはきっといまも旅行中で、こちらのことなど気にもかけていないのだ。次の瞬間、はっと不安を覚えた。リスベット宅のドアが大きく開いている。それを見て、自分がこの夏ずっと、リスベットが敵に襲われるのではないかと恐れていたことを急に自覚し、ミカエルは室内に駆け込んで「おーい、誰かいるのか」と大声を出した。彼を迎えたのは、ペンキと洗剤のにおいだった。

　ミカエルははたと立ち止まった。足音が聞こえたのだ。誰かが背後で、まるで鼻を鳴らす雄牛のごとく息をはずませながら階段を上がっている。はっと振り返ると、青いツナギ姿の無骨そうな男ふたりと目が合った。何やら大きなものを運んでいる。ミカエルは興奮のあまり、この状況を、ごく日常的なふつうの場面として解釈することができなかった。

「いったい何をやってるんだ？」と彼は言った。

「何をやってるように見えます？」

　よく見ると、引っ越し業者がふたり、青いソファーをせっせと運んでいるように見えた。新品の贅沢なデザイナーズ家具だ。リスベットが有名デザイナーの品にもインテリアにもまったく興味を示さないことを、ミカエルは誰よりよく知っている。また口を開こうとしたところで、室内から声が聞こえてきた。とっさにリスベットの声だと思い込み、ミカエルは顔を輝かせたが、それは願望まじりの解釈にすぎなかった。実際には、リスベットのとは似ても似つかない声だった。

「これはまた、豪華ゲストのお出ましですね。どのようなご用件でしょうか？」

　ふたたび振り返ると、戸口に立っていたのは四十歳ほどの背の高い黒人女性で、からかうような目つきでこちらを見ていた。ジーンズに、優雅なグレーのブラウスという姿だ。髪は三つ編みにまとめられ、やや吊り上がった目はきらきら輝いていて、ミカエルはますます混乱した。この女性、どこかで会ったことがないか？

「いや、あのですね」彼はもごもごと口にした。「ただ……」

「ただ……？」

「階を間違えてしまって」

「あるいは、ここに住んでいた若い女性が部屋を売り払ったことをご存じなかった？」

そのとおりだ、知らなかった。ミカエルは落ち着かなくなった。女性が微笑みをくずさないからなおさらだ。彼女が引っ越し業者のほうを向き、ソファーを玄関扉の枠にぶつけないよう注意してから、室内へ消えていったのを見て、ミカエルは安堵に近いものを覚えた。さっさと去ってこの情報を消化したい。もっとギネスを飲みたい。そう思いながらも、まるで凍りついたようにその場にとどまり、ドアポストをちらりと見やった。〝V・クッラ〟ではなく、〝リンデル〟の名が記してある。リンデルだと？　いったいどこの誰だ？

携帯電話で検索してみると、画面にもさきほどの女性が現われた。

カディ・リンデル、心理学者、さまざまな企業や団体の役員を務めている、とある。ミカエルは彼女について考えてみたが、知っていることはあまりなく、それ以上にリスベットのことが頭を占めていて、カディ・リンデルがまた戸口に現われたときには、なんとか気を引き締め、かろうじて落ち着きを装っている状態だった。カディ・リンデルの表情には、さきほどのからかうような調子がまだ残っているが、いまや物問いたげでもある。視線があちこちをさまよっている。かすかに香水の香りを漂わせていて、手首は細く、鎖骨のくっきりと浮き出た、スリムな体型の持ち主だ。

「そろそろ教えてください。本当に階を間違えたんですか?」

「その質問はパスします」とミカエルは答えた。もちろん、よい答えではない。それはすぐにわかった。

だが、カディ・リンデルが微笑んでいるのを見て、真意を見抜かれていることをあらためて悟り、なるべく代償の少ない形でこの場を切り抜けたいと考えた。カディ・リンデルがどこまで知っているにせよ、リスベットが偽名を使ってここに住んでいた事実を自分が明かすわけにはいかない。

「そう言われると、よけいに興味が湧くんですが」とカディ・リンデルは言った。

ミカエルは笑い声を上げてみせた。どうでもいい、プライベートなことなのだ、というように。

「じゃあ、私のことを調べにいらしたわけではないんですね?」とリンデルは続けた。

「このマンション、けっして安くはなかったですし」

「馬の首を切って誰かのベッドに置いたとかでないかぎり（映画『ゴッドファーザー』の一場面）、あなたの邪魔をするつもりはありません」

「売買交渉がどんなふうに進んだか、細かいところまで全部は覚えていないんです。でも、そういうことはなかったと思います」

「それはよかった。じゃあ、お引っ越しがつつがなく済むよう祈っていますよ」とミカエルは軽い調子を装って答え、ちょうど室内から出てきた引っ越し業者たちといっしょにその場を去ろうとした。

が、カディ・リンデルは見るからにもっと話したがっていて、ブラウスや三つ編みにした髪をそわそわといじっている。それを見て、自信たっぷりで頭にくるとすら思っていた彼女の態度が、実はまったく別の感情を隠すための仮面であることにミカエルは気づいた。

「お知り合いなんですか？」とリンデルが言う。

「えっ？」

「ここに住んでいた女性と」

ミカエルは質問で答えた。

「あなたはご存じなんですか？」

「いいえ」とリンデルは答えた。「名前すら知りません。でも、好感を持ってはいます」

「どうしてですか？」

「株式市場が大混乱だったのに、このマンションは競売であっという間に値が上がっていったんです。とてもついていけないと思って、購入をあきらめることにしました。なのに、この部屋は私のものになった。前の持ち主だった〝お若いご婦人〟が——弁護士がそう呼んでいたのですが——私に売りたいと言ったそうなんです」

「不思議な話ですね」

「でしょう？」

「ひょっとして、あなたは何か、そのお若いご婦人とやらの気に入るようなことをしたんじゃないですか？」

「マスコミの報道では私、役員会を牛耳る(ぎゅうじ)おじさんたちとよく喧嘩している女、というイメージだと思いますけど」

「そういうところが気に入られた可能性もありそうですね」

「そうかもしれませんね。どうですか、引っ越しを祝して、こちらからビールをごちそうさせていただけませんか。あなたのお話もうかがいたいし。あの……」

リンデルはまたためらった。

「……あの双子についてのルポルタージュ、とてもよかったです。心を揺さぶられました」

「ありがとうございます。ご親切にどうも。でも、もう行かなきゃならないので」

リンデルはうなずき、ミカエルはなんとか「それじゃ」と口にした。そのあとはどうやってその場を離れたのか記憶にない。外に出たら夏の夜だったことは覚えている。が、共同玄関前に新しい監視カメラが二台設置されていたことにも、気球が真上を飛んでいたことにすらも、まったく気づかなかった。そのままモーセバッケ広場を横切り、ウルヴェーデル小路をたどって、ヨート通りに降り立ったところでようやく歩みを緩めた。自分がどれほどショックを受けているかを実感する。リスベットが引っ越した、それだけのことで、本来なら歓迎すべきことだ。あそこにいないほうが、彼女の身は安全なのだから。だが嬉しいとは思えず、むしろ平手打ちをくらったように感じている。ばかばかしいことだ。

相手はリスベット・サランデルである。彼女はそういう人なのだ。それでもミカエルは傷ついていた。引っ越しをほのめかすぐらいはしてくれたってよかったんじゃないか？　また携帯電話を操作し、SMSを送ろうとした。本人に質問するのだ。いや、やっぱりやめておこう。成り行きに任せておけばいい。ホルン通りに着くと、深夜マラソン大会の子ども部門がもう始まっていて、歩道の縁で歓声を上げ応援している親たちの姿を、ミカエルは感嘆の面持ちでしばらく眺めた。彼らの喜びがまったく理解できないという表情だった。走る子どもたちのあいだを縫(ぬ)って、やっとの思いで道路を渡った。ベルマン通りに入っても、思考は頭の中をあてもなくめぐるばかりで、彼はふと、最後にリスベットに会ったときのことを思い出した。

　ホルゲルの葬儀のあとの夜、〈風車(クヴァーネン)〉でのことで、あのときはふたりとも言葉少なだった。それ自体はもちろん、不自然でも何でもない。ただ、ひとつだけ、ミカエルがこう尋ねたときのリスベットの答えが印象に残っている。

「これからどうするんだ?」

「猫になる。ネズミじゃなくて」

〝猫になる。ネズミじゃなくて〟

　ミカエルは詳しく訊き出そうとした。が、結局何の説明も得られなかった。そのあとメドボリアル広場の向こうへ消えていったリスベットの姿を思い起こす。オーダーメイドの黒いスーツ姿で、儀式のためむりやりめかしこまされて怒っている少年のように見えた。さほど前ではない。七月の初めだ。それなのに、もうはるか昔のことのように思える。ミカエルはそのときのことなどに思いを馳せながら自宅をめざした。ようやく帰宅し、ピルスナー・ウルケル（チェコのプルゼニ〔ピルゼン〕発祥のビール。ピルスナー・スタイルの祖とされる）を持ってソファーに腰を下ろしたところで、また電話が鳴った。
フレドリカ・ニーマンという名の法医学者からだった。

第二章

八月十五日

リスベット・サランデルは、モスクワのマネージュ広場にあるホテルの部屋でノートパソコンに向かい、ミカエルがフィスカル通りの共同玄関から出てくるのを見ている。ミカエルはいつもの颯爽(さっそう)とした歩き方ではなく、どこか途方に暮れた様子で、リスベットは何かの針にちくりと胸を刺されたように感じた。その針の正体はよくわからず、じっくり考えるつもりもない。ただパソコンから目を上げ、外で色とりどりに輝いているガラスのドームを眺めた。

ついさっきまでどうでもよかったこの街が、とたんに彼女を引きつける磁石と化し、リスベットは何もかも放り出して街に繰り出し、酒を飲んで酔っ払おうかとも考えた。だが、もちろん馬鹿げた考えだ。気を緩めてしまうわけにはいかない。いまはパソコンの前で暮らしているも同然で、ろくに眠らないこともある。それでいて、矛盾するようだが、彼女がこんなにきちんとして見えるのは久しぶりだ。髪は切ったばかりで短く、ピアスははずしてあり、白シャツに黒のスーツという、葬儀のときと同じ服装をしている。ホルゲルを悼んで、というわけではない。単にこの服装が習慣化したからだ。それに、あまり目立たないよう周囲に溶け込みたいからでもある。

狩られる獲物のごとく追いつめられるのを待つのではなく、自分のほうから攻撃を仕掛けると決めたのだ。だからいま、こうしてモスクワに来ている。ストックホルムのフィスカル通りに監視カメラを手配したのも、同じ理由からだった。が、代償は思ったよりも高くついた。過去の傷がえぐられ、夜眠れなくなっただけではない。敵も煙幕の向こう、解けそうにない暗号の奥に隠れていて、リスベットは自分の痕跡を消すのに相当な時間をかけるはめになった。まるで脱獄犯のような暮らしである。何を調べても簡単にはわからない。一カ月以上も作業を続けたいまになって、ようやくゴールが近づいてきた。それでも確信を得るのは難しい。やはり敵のほうが一歩先を行っているのではないか、と思ってしまうこともある。

今日も、偵察をして作戦の準備をしているあいだ、ずっと見張られていると感じていた。夜になるとときおり不安にかられ、ホテルの廊下を行き来する人々の物音に耳をそばだてる。とりわけ、ある男の足音に。男であることは間違いなさそうだ。測定障害（随意運動を目的の位置で止めることができない）があるのか、足音がしばしば不規則になる。そして、彼女の部屋の前で速度を緩めることが多い。室内の音に耳を傾けているようにも思える。

映像を巻き戻す。ミカエル・ブルムクヴィストがまたもや、悲しげな犬のような風采でフィスカル通りの建物から出てきた。リスベットは考えをめぐらせながらウィスキーを飲み、窓の外を眺めた。国家院（ロシア連邦議会の下院）議事堂の上から赤の広場やクレムリンのほうへ、暗い雲が流れていく。雨になりそうだ。それどころか、ひどい嵐になりそうだ。それでいいのかもしれない。リスベットは立ち上がり、シャワーを浴びようか、それともバスタブに湯を溜めて入浴しようかと考えたが、結局シャツを替えるだけにとどめた。選んだのは黒いシャツだ。そのほうが目的にかなう気がした。スーツケースの隠しポケットから、モスクワ入りして二日目に早くも闇市場で手に入れたベレッタの拳銃、通称〝チーター〟を出し、ジャケット内側のホルスターに入れてから、自分の部屋をざっと見渡した。

けっして好きな部屋ではないし、このホテル自体も気に入らない。あまりにも贅沢で、ごてごてと飾り立てられている。下の広間を行き来しているのは、彼女の父親のような男ども——愛人や部下を当然のように自分の所有物だと思っている、尊大なろくでなしどもだが、それだけではない。彼女を見張っている目もある。そこから情報機関へ、あるいはギャング連中へ情報が伝わるのだ。リスベットはたいていいつもこんなふうに、両手を握りしめて臨戦態勢で過ごしている。

バスルームに入り、冷たい水を顔にかけた。あまり役には立たなかった。睡眠不足と頭痛で額が引きつっている。もう出かけようか？　ぐずぐずしていてもしかたないのでは？　廊下に耳をそばだて、物音がしないことを確かめてから、部屋の外に出た。泊まっているのは二十階、エレベーターがわりあい近くにある。そのエレベーターの前に、四十代半ばと思われる男がひとり立っていた。洗練された雰囲気のある短髪の男で、服装はジーンズに革ジャケット、彼女と同じように黒いシャツを着ている。前にも見たことのある男だ。不思議な瞳（ひとみ）をしている。色合いや輝き方がどことなく違っているように見えるのだ。が、リスベットは気にとめなかった。

視線を下げたまま、男とともにエレベーターで下降し、ロビーに降り立ってそのまま広場に出ると、外の暗闇の中で光り輝き、回転する世界地図を映し出している大きなガラスのドームを眺めた。その下には、四階建てのショッピングモールがある。上には、聖ゲオルギオスとドラゴンの銅像が建っている。聖ゲオルギオスはモスクワの守護聖人で、この街では剣を振り上げているその姿をあちこちで見かける。リスベットは、彼女自身のドラゴンを庇（かば）い、癒（いや）そうとするかのように、折に触れて肩甲骨（けんこうこつ）に手を当てていた。肩を撃たれた古傷や、腰を刺された傷跡に触れることもあった。痛みの記憶を呼び起こそうとするかのように。

激しく燃え上がった炎に、襲いかかってきた災禍に、母親に思いを馳せる。そうしているあいだもずっと、監視カメラに映らないよう注意しながら歩いていた。そのせいでぎくしゃくとこわばった歩き方になりつつ、公園や緑に恵まれた立派な通り、トヴェルスコイ大通りへ急いだ。そして、この街有数の高級レストラン〈ヴェルサイユ〉に到着したところで、ようやく立ち止まった。

太い柱や金の装飾、クリスタルガラスで飾り立てられた、まるでバロック時代の宮殿、全体的にぎらぎらと光り輝く十七世紀のパスティーシュのような場所だ。リスベットはその場を去りたくてたまらなくなった。だが、あの中で今夜、この街の富豪の集まるパーティーが行なわれる。すでに準備が始まっているのが遠くからでも見えた。いまのところ、来ているのは美しく若い女性の一団だけのようだ。この夜のために雇われたコールガールだろう。スタッフが最後の仕上げのため忙しく立ち働いている。近づいていくと、主催者の姿が見えた。

男の名はウラジーミル・クズネツォフ、白いタキシードにエナメル革の靴という姿で入口のそばに立っていた。まだ五十歳ほどで、老人の域には入らないはずだが、白い髪と顎ひげ、細い脚と対照的にでっぷりと突き出た腹が、まるでサンタクロースのようだ。彼の表向きの来歴は、ちょっとしたサクセスストーリーである。落ちこぼれのこそ泥が心を入れ替え、料理人として成功した。得意メニューは熊肉ステーキのキノコソース添え。だがクズネツォフはその裏で、フェイクニュースを生産するトロール工場をいくつも運営している。拡散される虚偽情報には、反ユダヤ主義的な底意のあるものが多い。そうして混乱を引き起こしたり、選挙に影響を及ぼしたりしてきたが、それだけではない。クズネツォフの手は、文字どおり血に染まっていた。

　集団殺戮の土台を作り、憎しみを一大ビジネスにした男だ。入口そばにたたずむその姿を見ただけで、リスベットはふつふつと力が湧いてくるのを感じ、ホルスターにしまったベレッタの輪郭を手でなぞりながら、あたりを見まわした。クズネツォフは落ち着かない様子で自分の顎ひげを引っぱっている。今夜は彼にとっての晴れ舞台だ。中では弦楽四重奏団が演奏を始めている。夜更けになるとあれに代わってジャズバンド〈ロシアン・スウィング〉が登場することを、リスベットは知っている。

　入口の外、黒い日よけ屋根の下に赤絨毯が伸び、ロープとボディガードがそれを縁取っている。ずらりと並んだボディガードたちは、全員がグレーの背広を着てイヤホンをつけ、武器を携えていた。クズネツォフが腕時計を見ている。まだ客はひとりも現われていない。

それも一種の駆け引きなのだろう。一番手になるのを誰もが避けている。

その一方で、通りには早くも人がひしめいていた。見物に集まった野次馬だ。大物がここに来るという情報がすでに広まっている証である。それ自体はたぶん悪いことではない、とリスベットは思っている。このほうが目立たずに済むだろう。だがそのとき、雨が降りだした。初めは小雨だったが、やがて土砂降りになった。遠くのほうで稲妻が光った。雷鳴が轟き、人々が散っていく。傘と根性のある数人だけが残り、その直後、リムジンに乗った客たちの第一陣が到着した。クズネツォフは挨拶の言葉をかけ、頭を下げ、そばに控えている女性たちのひとりが、小さな黒いメモ帳に印をつけている。レストランは徐々に、中年の男たちと、さらに多くの若い女たちで埋まってきた。

弦楽四重奏団の演奏にまじって、店内のざわめきがリスベットの耳に届く。調査の過程で行き当たった人物たちの姿もときおり見えた。クズネツォフの顔の表情やしぐさは、相手の地位や重要性によって変わる。客はそれぞれ、クズネツォフがふさわしいと考える笑顔とお辞儀を向けられている。賓客にはジョークも振る舞われる。とはいえ、笑っているのはおもにクズネツォフのほうのようだ。

微笑んだり笑い声を上げたりしているその姿は、さながら宮廷道化師のようで、リスベットはびしょ濡れになって震えながら、その光景にじっと見入っていた。没頭しすぎてしまったかもしれない。ボディガードのひとりが彼女に気づき、同僚に目くばせしている。まずい。ひじょうにまずい。リスベットはその場を去るふりをして、代わりに少し離れたところにある建物の入口の陰に隠れた。ふと、両手が震えていることに気づいた。雨のせいでも寒さのせいでもなさそうだった。

いまにも破裂しそうなほどに気持ちが張りつめているのだ。リスベットは携帯電話を出し、すべての準備が整っていることを確かめた。この攻撃は完璧なタイミングで仕掛けなければならない。そうしなければこちらの負けだ。プロセスの一部始終を一回、二回、三回とさらってみる。だがあっという間に時間がなくなり、うまくいく気がしなくなってきた。降りしきる雨、変わらない状況。今回もまたチャンスが失われたのではないか、という思いが強まる。

招待客は全員到着したようだ。クズネツォフ本人も店内に入っていく。リスベットは慎重に近づき、店内に目を凝らした。パーティーは大いに盛り上がっている。男たちはすでに蒸留酒を何杯もあおり、いやらしい手つきで女たちをさわっている。それを見て、リスベットはホテルに戻ることにした。

だが、ちょうどそのとき、リムジンがもう一台到着した。入口のそばにいた女が店内に駆け込み、クズネツォフを呼んでくると、彼は額に汗をにじませ、シャンパングラスを持ってのそのそと現われた。やはりもう少し待とう、とリスベットは考えた。どうやら重要な客が来たようだ。ボディガードの様子からも、そわそわした雰囲気からも、クズネツォフの間抜けな表情からも、それが伝わってくる。リスベットはさきほどまで隠れていた入口に撤退した。が、リムジンからは誰も降りてこなかった。

運転手が雨の中に駆け出てドアを開けることもなく、車はただ停まっているだけだ。クズネツォフは蝶ネクタイや髪を整え、額の汗を拭き、腹を引っ込め、グラスの中身をぐいとあおった。その瞬間、リスベットの震えは止まった。クズネツォフのまなざしに、いやというほどよく知っている、ある表情が見てとれたのだ。彼女はもはやためらうことなくハッキング攻撃を開始した。

それから携帯電話をポケットに入れた。あとはプログラムコードが勝手に仕事をしてくれる。カメラのような鋭い視線であたりを見まわし、周囲のあらゆる細部に目をとめた。ボディガードの体から読みとれる情報、その手から武器までの距離、赤絨毯に沿って並ぶその肩のあいだの距離、足元の歩道の凹凸、水たまり。

体が完全にこわばったかのように微動だにせず、すべてをじっと凝視していると、ようやくリムジンから運転手が降りてきて傘を開き、後部座席のドアを開けた。リスベットはジャケットの下の拳銃に手を置き、猫のような足取りで前進した。

第三章

八月十五日

ミカエルと携帯電話との関係はもう、あまり良好ではなくなっている。彼の電話番号は公（おおやけ）になっているが、とうの昔に非公開にしておくべきだったのだ。とはいえ、それにも抵抗があった。ジャーナリストとして、一般市民につながる扉を閉めてしまいたくはない、という気持ちがある。だが、いつ終わるとも知れない通話の数々に悩まされているのはまぎれもない事実で、しかもここ一年のあいだに大きな変化が起きたとミカエルは感じている。

かかってくる電話の口調が、前よりもぶしつけになっているのだ。怒鳴ったり、わめいたり、あるいは実に突拍子もない話をたれ込んできたりする。知らない番号からの電話に出るのはほぼやめた。電話が鳴っても放置することがほとんどで、今回のように応答した場合でも、無意識のうちに顔をしかめていることが多い。

「はい、ミカエル・ブルムクヴィストですが」と応答しつつ、冷蔵庫からビールを一本ひったくった。

「すみません」女性の声が言った。「ご都合が悪いなら、あとでかけ直しますが」

「かまいませんよ」ミカエルは口調を和らげて答えた。「どういったご用件ですか?」

「フレドリカ・ニーマンと申します。ソルナの法医学局に勤める医師です」

ミカエルは恐怖にかられた。

「何があったんですか?」

「何もありません。いつも起きている以上のことは、何も。たぶん、あなたには関係のない話だと思うんですが、ある遺体が運ばれてきて……」

「女性ですか?」ミカエルは相手をさえぎった。

「いえ、いいえ、まぎれもない男性です。まぎれもないっていう言い方も変ですね。まあとにかく、男性で、年齢はおそらく六十歳前後か、もう少し若いぐらい。過酷な試練を乗り越えてきた人のようです。こんな遺体は初めて見ました」

「そろそろご用件を話していただけませんか?」

「すみません、ご心配をおかけするつもりではなかったんです。この人とあなたが知り合いだった可能性は低いと思います。路上で生活していたことは明らかで、その中でも最下層にいた人にちがいありません」

「じゃあ、その人とぼくに何の関係が？」

「あなたの電話番号の書かれた紙が、ポケットに入っていたんです」

「ぼくの番号を持っている人はたくさんいます」ミカエルは苛立(いらだ)って言った。が、すぐに自分の返答を恥じた。

　自分がひどく無神経に思えてきた。

「なるほど」とフレドリカ・ニーマンは言った。「いやというほど電話をお受けになっているのはわかります。ですが、私はこの件、ひとりの個人としても無視できなくなっていて」

「とおっしゃると？」

「社会の最底辺で生きていた人でも、尊厳のある死を迎える権利はあると思うんです」

「それはもちろんそうですね」ミカエルはさきほどのつっけんどんな返答を埋め合わせるためか、大げさなほどに力をこめて答えた。

「ええ。その意味では、スウェーデンはずっと文明国でありつづけていました。それでも、身元のわからない遺体の数は年々増える一方です。心の底から悲しくなります。人には誰しも、身元のはっきりした状態で旅立つ権利があります。名前を、経歴を持って旅立つ権利が」

「そのとおりですね」ミカエルはまた力をこめて答えたが、すでに集中力を失いはじめていた。ほとんど無意識のうちに、パソコンの置いてある机へ向かっている。

「もちろん、身元を突きとめるのが難しすぎたケースもあったでしょう」とフレドリカ・ニーマンは続けた。「でも実際には、人員や時間が足りないケースがほとんどなんです。あるいは、もっと悪いことに、突きとめようという意志が足りないか。この遺体の件は、そんなケースにあたるのではないか、という悪い予感がします」

「それはなぜ？」

「どの登録簿を検索しても、一致するデータが見つからないんです。しかもこの男性は、何の重要性もない人のように見えます。最下層の人。みんな目をそむけて忘れようとする」

「悲しいことですね」とミカエルは答えた。

ここ数年、リスベットのために作成してきたファイルを検索する。

「まあ、予感が当たらないことを願っていますが」とフレドリカ・ニーマンは言った。「まだ検査用サンプルを送ったばかりだし、ひょっとしたら今後、この人についてもっとわかることがあるかもしれません。でも、いま私は自宅にいて、ここでも調査を進められるのではないかと思いつきました。ベルマン通りにお住まいなんですよね？　遺体が見つかった場所は、そこからあまり遠くないんです。それで、もしかしたらすれ違ったことがおありかもしれない、と思って。あなたに電話をかけてきたこともあるかも」

「どこで見つかったんですか？」

「タントルンデン公園の木の下です。もし見かけたことがあれば、間違いなく覚えているはずです。濃い茶色の肌をしていて、顔は汚れにまみれ、深い皺が刻まれていました。ひげはあまり生えていませんでした。強すぎる日射し、厳しい寒さにさらされてきたように見えます。凍傷の痕が体に残っていて、手足の指がいくつも欠けていました。あちこちの腱を酷使した跡がありました。出身はおそらく、東南アジアのどこか。昔はハンサムな人だったかもしれません。顔立ちそのものは整っているんです。顔はすっかり荒れ果ててしまっていたけれど。肝臓が損なわれているせいで、皮膚は黄色がかっていました。頬の皮膚組織のかなりの部分が壊死して、黒く変色していました。ご存じだと思いますが、早い段階で年齢を判定するのは難しいんです。それでもさっき申し上げたとおり、たぶん六十歳近かっただろうと推測します。長いあいだ、脱水症状に近い状態で暮らしていたようです。背が低くて、身長は百五十センチを少し超えたぐらいでした」

「どうかな。心当たりはありませんが」とミカエルは言った。

リスベットからのメッセージを探したが、何も見つからない。ミカエルのパソコンをハッキングすること自体やめてしまったらしく、彼の不安は増した。リスベットの身に迫る危険が、肌で感じられるような気がした。

「まだあります」とフレドリカ・ニーマンは続けた。「この人のいちばん目立つ特徴を、まだお話ししていません。ダウンジャケットです」

「ダウンジャケット？」

「分厚くてかさばる、暖かそうなジャケットでした。この暑さの中では目を引いたはずです」

「確かに、見かけたことがあれば覚えているはずですね」

ミカエルはパソコンを閉じ、外のリッダー湾を眺めた。何はともあれ、リスベットが引っ越しを決めたのは、実に賢い判断だったにちがいない、とあらためて考えた。

「でも、覚えていらっしゃらないんですね」

「ええ……」ミカエルはためらいながらも言った。「送っていただける写真はありませんか？」

「それは倫理上よくない気がします」

「死因は何だったとお考えですか？」

ミカエルはまだ、やや上(うわ)の空だった。

「短期的には、何かの中毒だろうと思います。原因はもちろん、何よりもまずアルコールで、飲みすぎてしまったということでしょう。お酒のにおいをぷんぷんさせていましたから。それでも、ほかの毒を摂取してしまった可能性もないわけではありません。この点については、数日以内に法化学部門から結果が返ってくる予定です。八百以上の物質をカバーするふるい分け(スクリーニング)検査を行なっています。ですが、もっと長期的に見た場合、あちこちの臓器が徐々にはたらかなくなっていったこと、心臓の肥大が原因だろうと思います」

ミカエルはソファーに座ってピルスナーを飲んだ。どうやら沈黙が長すぎたらしい。

「もしもし？」とフレドリカ・ニーマンが言った。

「ああ、もしもし。すみません、ちょっと考えていたことがあって……」

「どんなことですか？」

考えていたのは、リスベットのことだった。

「その人がぼくの電話番号を持っていたのは好都合かもしれない、と」

「どういうことでしょう？」

「その人にはどうやら、何かぼくに暴露したいことがあったらしい。それなら、警察は力を注ぐ気になるでしょう。ぼくはときどき、まあうまくいけばですが、治安当局に少々プレッシャーをかけることができるので」

フレドリカ・ニーマンは笑い声を上げた。

「そうでしょうね」

「苛立たせるだけのこともありますが」

自分で自分に苛立つこともあるな、とミカエルは考えた。

「前者になることを願うばかりですね」

「ええ」

ミカエルは電話を切りたかった。ひとりで考え事に没頭したい。が、フレドリカ・ニーマンはまだ話し足りないらしく、ミカエルはそれを無視して電話を切るほど冷淡にはなれなかった。

「亡くなった男性は、みんな目をそむけて忘れようとする類いの人だ、と言いましたでしょう」

「そうおっしゃっていましたね」

「ですが、そうとも言いきれないんです。少なくとも、私にとっては。まるで……」

「まるで？」

「この人の体が、何かを語ろうとしているような印象があって」

「というと？」

「極寒も炎もくぐり抜けてきたように見えるんです。前にも言ったとおり、こんな遺体を見るのは初めてです」

「タフな人だった、と」

「ええ、まあ、そういうことかもしれません。体はぼろぼろで、言葉では言い表わせないほど汚れていて、ひどいにおいを漂わせていました。それでも、どことなく堂々とした風格があったんです。私が言いたいのはたぶん、そういうことだと思います。屈辱のただ中にあってなお、敬意を抱かずにはいられない何かが、彼にはあった。力を振りしぼって、必死に闘ってきた人の体でした」

「元兵士だったとか？」

「銃で撃たれた痕とか、そういったものはありませんでした」

「原始的な部族の出身だったとか？」

「それはないと思います。歯の治療を受けた跡があったし、文字を書くこともできたわけですから。左手首に、仏教の法輪のタトゥーが入っていました」

「なるほど。よくわかりました」

「何がですか？」

「その人がどういうわけか、あなたの心をつかんだということが。留守番電話のメッセージをひととおり聞いて、その人が連絡してきたかどうか確かめてみますよ」

「ありがとうございます」とフレドリカ・ニーマンは言った。そのあともしばらくは話を続けたのだろうが、ミカエルはよく覚えていない。気が散ったたままだった。

いずれにせよ、ほどなく電話を切ると、ミカエルはソファーに座ったまま考えに沈んだ。ホルン通りから聞こえる深夜マラソン大会のかけ声や拍手を聞きつつ、髪に指を差し入れて梳いてみる。最後に髪を切ってから、もう三カ月以上は経っている。もっときちんとした生活をしなければ。いや、それどころか、生きなければ。ほかの人たちのように人生を楽しむべきなのだ。仕事ばかりして、自分を限界まで追いつめるのではなく。電話にもちゃんと出るべきかもしれない。取り組んでいるルポルタージュのことばかり考えているのはよくない。

バスルームに入ったが、それで気分が上向くことはなかった。洗濯物が干してある。洗面台には歯磨き粉やシェービングフォームがついていて、バスタブには髪の毛が落ちていた。ダウンジャケットか、とミカエルは考えた。この暑い真夏に？　確かに変だ、きっと何かある。そうじゃないか？　だが、なかなか集中できない。あまりにもたくさんの考えが押し寄せてくる。ミカエルは洗面台と鏡を拭き、洗濯物をたたんでから、携帯電話を出して留守番電話のメッセージをチェックした。

まだ聞いていないメッセージが三十七件あった。聞いていないメッセージが三十七件もあるなんて、何かが間違っている。ミカエルは頭を抱えつつ、すべてのメッセージに耳を傾けた。まったく、世の中いったいどうなってるんだ？　もちろん、感じのよい、へりくだった口調で、きちんと情報を提供してくれている人もいる。だが、大半は怒ってわめいているだけだ。おまえらは移民のことで嘘を書いている。ムスリムの連中の悪事を隠している。財界を牛耳る（ぎゅうじ）ユダヤ人どもをかばっている、等々。ミカエルは汚泥（おでい）に沈められたような気分になり、電話を切る寸前まで行った。それでも気力を振りしぼって聞きつづけた。するとついに、情報を提供しているわけでも、怒っているわけでもないメッセージが聞こえてきた。それは支離滅裂な、わけのわからない一瞬でしかなかった。

「ハロー、ハロー」訛（なま）りの強い英語で、息を荒らげながら声が言う。しばし沈黙があり、やがてこう続いた。「カム・イン、オーバー」

トランシーバーでの呼びかけのように聞こえる。そのあとにいくつか言葉が続いたが、何と言ったのかはわからなかった。ほかの言語だった可能性もある。いずれにせよ、どことなく必死で、孤立した人のような響きがあった。これが例の亡くなったという男だろうか？ ありうる。だが、誰かほかの人であってもおかしくない。これだけでは何とも言えない。ミカエルは電話を切ってキッチンに向かうと、マーリン・フルーデか、ほかの誰でもいい、とにかく気持ちを上向かせてくれそうな人に電話しようかと考えた。だが、その思いつきは却下し、代わりに暗号化したメッセージをリスベットに送った。向こうはもちろん、こちらのことなどどうでもいいと思っているのかもしれない。だが、それがどうした？

リスベットとの縁は切っても切れないのだ。いままでも、これからも。

トヴェルスコイ大通りに雨が降っている。カミラは——いまはキーラと名乗っているが——運転手やボディガードとともにリムジンに乗ったまま、自分の長い脚を見下ろしていた。ディオールの黒いドレスに、グッチの赤いハイヒール。ペンダントヘッドはオッペンハイマー家（ダイヤモンドや金の採掘で富を築いた一族）のものだったダイヤで、ネックラインのすぐ上で青く光り輝いている。

彼女は見る者を打ちのめすほどに美しく、誰よりも本人がそのことを自覚している。ちょうどいまのように、車の後部座席に座ったままなかなか降りないことも多い。そうして思い浮かべるのが好きなのだ——登場した彼女を見て、びくりと反応する男たちの姿を。

大半が彼女から目を離せなくなり、口をぽかんと開けたまま、閉じることすらできなくなる。彼女と目を合わせて褒め言葉を捧げる勇気のある男はめったにいないと、キーラはこれまでの経験で知っている。こんなふうに比類のない輝きを放つのが、昔からの夢だった。彼女は車の中で目を閉じ、車体を打つ雨の音に耳を傾けた。それからスモークガラスの外に目をやった。さして見る価値のある景色ではなかった。

男女が数人、傘の下で寒さに震えていて、誰が車から降りてくるのかさほど気にしていないように見える。キーラは苛立ちの目をレストランに向けた。店内では客がひしめき合い、乾杯をし、駄弁に興じ、奥の小さな舞台で音楽家たちがバイオリンやチェロを弾いている。そのとき、ああ、見るもおぞましい、豚じみた小さな目に太鼓腹のクズネツォフが、のそのそと外に出てきた。どうしようもない道化のような男だ。キーラはつかつかと出ていって平手打ちをくらわせたいという衝動にかられた。

だが、ここは落ち着きを、女王のような輝きを保たなければならない。しばらく前から深い奈落の底にいること、いまだに姉を見つけられない手下に激しく立腹していることなど、まなざしひとつでも明かしてはいけない。彼らが姉の住所と隠れ蓑を暴いたときには、もうこれで勝ちは決まったと思った。だがリスベットはその後も姿を消したままで、GRU（ロシア連邦軍参謀本部情報総局）にいるキーラの知り合いも、ガリノフですらも、彼女の行方をつかむことができずにいる。クズネツォフのトロール工場をはじめ、キーラとつながりのある組織に対して、高度なハッキング攻撃があったことはわかっている。だが、どの攻撃がリスベットのしわざで、どれがほかの連中のしわざなのかはわからないままだ。確かなことはひとつだけ――もう終わりにしなければならない。こんな日々はもうたくさんだ。

遠くのほうから雷鳴が響いてきた。パトカーがそばを通り過ぎる。キーラは鏡を取り出すと、気持ちを奮い立たせるかのごとく、自分自身に向かって笑いかけた。それからまた目を上げると、クズネツォフが気まずそうに身をよじらせ、蝶(ちょう)ネクタイやシャツの襟(えり)をそわそわといじっているのが見えた。あの馬鹿、ひどく緊張しているのだ。何はともあれ悪くない。あの男は汗をかき、震えているほうがいい。またあの聞くに堪えない冗談をとばされてはたまらない。

「行くわ」とキーラは言った。運転手のセルゲイが車を降り、後部座席のドアを開けるのが見えた。

ボディガードも車を降りた。キーラ本人はゆったりと座ったまま、セルゲイが傘を開いたのを確かめてから、足を外へ伸ばした。いつもどおり、人々のため息、はっと息をのむ音、おお、という感嘆の声を期待した。が、何も聞こえない。耳に届いたのは、雨音と、弦楽器の音、店内のざわめきだけだ。キーラは頭を高く掲げ、冷然とした態度でいようと決めた。クズネツォフが期待と不安に顔を輝かせ、歓迎のため両腕を広げたのが見えた、ちょうどそのとき、別の何かがキーラの意識に届いた——体の奥にまで食い込んでくる、まぎれもない恐怖だ。

右側に何か、理解しがたいものがいる。建物の壁沿い、やや先のほう。ちらりと目を向けたキーラは、ジャケットの内側に手を入れてこちらへ向かってくる暗い人影を目にした。ボディガードに向かって大声を上げたい、あるいは地面に身を投げて伏せたい。だが実際には、精神を集中しきった状態で、ふっと動きを止めた。少しでも迂闊に動けば命にかかわる状況だと、直感的に理解したかのようだった。そのときにはもう、人影が誰だかわかっていたのかもしれない。この時点ではまだ輪郭しか見えず、シルエットが近づいてきているだけだったが。

それでも、その人影の動き、いっさい迷いのない足取りが、キーラに恐ろしい予感をもたらした。言葉が頭に浮かぶ間もなく、彼女にはもうわかっていた——自分の負けだ、と。

第四章

八月十五日

いままでに、ふたりが歩み寄るチャンスはあったのだろうか？　敵同士でない、ほかの関係を築くチャンスは？　不可能に思えるが、実はまったくありえないことでもなかった。ふたりは少なくともしばらくのあいだ、あることを共有していたのだ——父親であるアレクサンデル・ザラチェンコへの憎しみと、父が母のアグネータを殺してしまうのではないかという恐怖である。

姉妹は当時、ストックホルムのルンダ通りのアパートで、物置のような狭い部屋に寝ていた。父が酒や煙草（たばこ）のにおいをぷんぷんさせながら現われ、母を寝室に引っぱり込んでレイプしているときには、叫び声、殴る音、荒い息遣いのすべてが、そっくりそのまま姉妹の部屋まで聞こえてきた。そういうときに、リスベットとカミラが慰めを求めて互いの手を握ったこともあったのだ。ほかにすがる先がなかったからだが、それでも……ふたりは確かに、同じ恐怖、同じ無防備さを共有していた。が、やがてそれすらも奪われた。

ふたりが十二歳になったころ、状況はまた一段とひどくなった。暴力の程度が上がっただけではない。頻度も上がった。ザラチェンコは母娘の住まいにときおり泊まるようになり、幾晩も続けてアグネータをレイプすることもあった。同じころ、姉妹の関係にもじわじわと変化が訪れた。いったいどういう変化なのか、初めはなかなかはっきりしなかったが、兆候は明らかだった。カミラの瞳に表われた興奮のぎらつき、父を迎えに玄関へ行くときの弾んだ足取り。こうして、運命は決した。

争いが命にかかわるレベルになってくると、姉妹はそれぞれ別の陣営についた。それ以後はもう、和解の可能性はいっさいなかった。決定打は、アグネータがすさまじい暴力をふるわれてキッチンの床に倒れ、脳に治らない損傷を負ったこと、リスベットがメルセデス・ベンツの前部座席に乗ったザラチェンコに火炎パックを投げつけ、火だるまにしたことだ。以来、あらゆることが命がけだった。過去はいつか必ず爆発する爆弾と化した。そして長い年月が経ったいま、トヴェルスコイ大通りの玄関陰から歩み出たリスベット・サランデルの頭の中で、ルンダ通りに暮らしていたころの記憶が、高速で点滅する閃光のように浮かび上がっては消えた。

いま、この瞬間に集中してはいる。前方のどこのすきまをめざして引き金を引けばいいか、そのあとどうやって逃げればいいか、はっきり見えている。だが同時に、理解が追いつかないほどに記憶がよみがえってきて、ゆっくり、ゆっくりとしか進めない。カミラが黒いドレスにハイヒール姿で赤絨毯に降り立ったのを見届けてから、リスベットはようやくスピードを上げた。それでもまだ身を低くし、静かに歩いていた。

レストランの中から、打ち合うグラスの音や弦楽曲が聞こえる。雨はまだやまず、音を立てて降り注いでいる。パトカーが道路を走っていく。リスベットはそのパトカーを見つめ、ずらりと並ぶボディガードを見つめて、次にまた気づかれるのはいつだろう、と考えた。撃つ前に気づかれるだろうか、それとも撃ったあと？　予見は無理だ。何の保証もない。いずれにせよ、いまのところはまだ気づかれていないらしい。あたりは暗く、靄がかかっているうえ、カミラが全員の目を引いている。

カミラは光り輝いていた。昔からずっとそうだった。クズネツォフの瞳も輝いている。校庭で昔、男子たちが目を輝かせていたのと同じように。カミラは人々の時間を止めることができる。生まれながらにして彼女に与えられた力だ。リスベットは、妹がゆっくりと威厳たっぷりに進んでいくのを、背筋を伸ばしたクズネツォフが緊張しながらも歓迎のため両腕を広げるのを、野次馬根性を出した客が扉のそばに群がっているのを目にした。だが、ちょうどその瞬間、道路のほうから、リスベットが充分に見越していた声が聞こえてきた――「Там, посмотрите」。〝あそこ、見ろよ〟。ボディガードのひとり、鼻のつぶれた金髪の男が、リスベットのほうにちらりと目を向けた。もうためらっている場合ではなかった。

ホルスターに入れたベレッタに手を伸ばす。父にガソリンの入った牛乳パックを投げつけたときと同じ、凍てつくほどに冷然とした世界へ飛び込んでいく。カミラが恐怖に身をこわばらせ、ボディガードが少なくとも三人、銃に手を置いてこちらを凝視しているのが見えた。あとは稲妻のような勢いで容赦なく行動するのみ。そう思っていた。

だが、リスベットは急に体が動かなくなった。いったいなぜなのか、すぐにはわからなかった。ただ、子ども時代の新たな影がさっと押し寄せてきたのを感じた。チャンスは失われた。それだけではない。ずらりと並んだ敵の眼前にさらされている。もはや逃げ道はなかった。

人影がためらっていることに、カミラはまったく気づいていなかった。自分の悲鳴しか聞こえない。いくつもの頭や体がびくりと動き、銃がいくつも抜かれたことには気づいた。それでも、手遅れだ、と確信した。自分の胸がいつ銃弾でずたずたにされてもおかしくないと思った。ところが何も襲いかかってこないので、彼女は店のほうへ走ってクズネツォフの陰に隠れた。それからの数秒間、彼女の意識に届いたのは、自分自身の荒い息遣いと、あたふたとした周囲の動きだけだった。

しばらく経ってようやく、どうやら助かったようだと理解した。それどころか、いまやこちらのほうが有利な状況らしい。命の危険にさらされているのは自分ではない。あそこにいる暗い人影のほうだ。顔はまだ見えない。人影は頭(こうべ)を垂れ、携帯電話で何か見ているが、何はともあれリスベットとみて間違いないだろう。喉(のど)のあたりに、どくどくと脈打つ憎しみ、殺意を感じる。あの人影が苦しんで死ぬところを見たいという、激しい欲望。カミラはあらためて周囲の混乱に目を向けた。

夢かと見まごうほどに幸運な状況だった。自分は防弾チョッキをつけたボディガードに囲まれているのに、リスベットはひとりきりで歩道に立っていて、ずらりと並んだ銃に狙われている。素晴らしいとしか言いようがない。カミラはこの一瞬をじっくり味わいたくなった。これから何度も思い出すだろうと早くも悟った。リスベットは絶体絶命だ、もうすぐたたきつぶされる運命だ。カミラは叫んだ。誰ひとり、ひとかけらの迷いすら抱くことのないように。

「撃って。あの女、わたしを殺そうとしている」その直後、いくつもの銃声が響きわたるのを聞いた。本気でそう思った。

轟音が全身を貫いたのだ。あたりを走りまわる人々のせいで、リスベットの姿はもう見えなかったが、カミラは姉が銃弾の雨に打たれて死に、血を流して歩道に倒れるところを想像した。いや、ちょっと待て……何かがおかしい。これは銃声ではない。むしろ……何だろう？……爆弾のように聞こえる。何かが爆発したのか？　レストランのほうから、すさまじい騒音がこちらへ押し寄せてくる。リスベットが屈辱のうちに死ぬ場面を一瞬も見逃したくはなかったが、それでもカミラは中の人混みに目を向けた。が、何も理解できなかった。

店内のバイオリニストたちは演奏をやめ、おびえきった表情で会場を見ている。じっと立ったまま、両手で耳を覆っている人がたくさんいる。胸を押さえている人も、恐怖の悲鳴を上げている人もいる。だが、大多数はパニックに陥って出口へ突進していた。レストランの扉がバタンと開き、人々の第一波が雨の中へ飛び出してきたのを見て、カミラはようやく理解した。これは爆弾でもない。音楽だ。常軌を逸した大音量のせいで、音と認識することすら難しく、むしろ何かの振動がこの空間に襲いかかったかのようだ。頭の禿げ上がった年配の男が、我を忘れて叫んでいるのも当然と思えた。

「何なんだ、これ？　何なんだ？」

紺色のミニドレスを着た二十歳そこそこの女が、屋根が崩れ落ちてくると思っているのか、床に膝をついて頭を抱えている。すぐそばでクズネツォフが何かつぶやいたが、騒音にかき消されて聞こえない。その瞬間、カミラは自らの過ちを悟った。注意が散漫になってしまった。怒りにかられ、歩道や建物の外壁にふたたび目を向けたときにはもう、姉の姿はなかった。

忽然と消えてしまったのだ。カミラは藁にもすがる思いであたりを見まわしたが、周囲は混乱しきって悲鳴を上げる客たちばかりで、狂乱状態もいいところだ。大声で罵詈雑言を吐いた瞬間、すさまじい力で肩を突きとばされて地面に倒れた。歩道に肘と頭をぶつけ、額がずきずき痛み、唇から出血している。人々の足がドタバタとあたりを走りまわる中、すぐ頭上からよく知った声が聞こえてきて、カミラは凍りついた。

「いずれ必ず報いがある。いずれ必ず」だが、きっと意識が朦朧としていたのだろう、反応が間に合わなかった。

頭を上げてまわりを見たときにはもう、リスベットの姿は消えていた。レストランから駆け出てくる人々の大混乱しか見えず、カミラはまた「あの女を殺して」と叫んだ。が、もう無理だと自分でもわかっていた。

ウラジーミル・クズネツォフは、キーラが地面に倒れたことに気づかなかった。周囲の狂気にも、ほとんど気づいていなかった。騒音のただ中で、ほかのすべてを合わせたよりも恐ろしい、あるものを耳にしたのだ。激しく脈打つようなリズムとともに大音量で吐き出され、とぎれとぎれに聞こえる、いくつかの言葉。それが現実であることを、彼はしばらく受け入れられずにいた。

ひたすらかぶりを振って「嘘だ、嘘だ」とつぶやき、全部ただの恐ろしい思い込みにすぎないのだと思おうとした。不安にかられた想像力のしわざにちがいない。だが、やはりあの曲だった。彼にとっての悪夢の歌。そのまま地中に沈み込んで死にたくなった。

「これは嘘だ、これは嘘だ」とつぶやくあいだにも、リフレインがまるで手榴弾（しゅりゅうだん）の爆風のように轟（とどろ）き、襲いかかってきた。

嘘で世界の命を奪う
親玉どもに人をつぶさせる
憎しみの餌を人殺しに撒（ま）く
手足を切れ、破壊しつくせ、やりたい放題
でも、絶対に、絶対に

　地球上に存在するどんな歌も、この歌ほど彼を怖がらせることはできない。心底楽しみにしていた宴（うたげ）がめちゃくちゃにされたことも、鼓膜を破られて激怒したお偉方に訴えられるかもしれないという恐れも、この際どうでもよかった。いま彼の頭にあるのはこの曲のことだけだ。驚くにはあたらない。いまこの場でこの曲が流されたということはつまり、誰か外部の人間が、彼の最大の秘密を突きとめたということなのだから。このままでは全世界に恥をさらすことになりかねない。強烈なパニックに胸を締めつけられ、息がしにくくなった。それでも必死でうわべを取り繕（つくろ）っているうちに、部下たちがようやく騒音を止めることに成功した。彼は安堵（あんど）のため息をつくふりまでしてみせた。

「失礼しました、紳士淑女の皆さん」とクズネツォフは声を上げた。「テクノロジーを信用しきってはいけないようですな。心からお詫（わ）びします。さあ、宴を続けましょう。酒を出し惜しみはしないとお約束しますよ。いや、酒にかぎらず、ほかのお楽しみも……」

　そう言うと、クズネツォフは露出の多い服を着たコールガールたちを視線で探した。美しい女でも出してやれば場がなごむだろうと考えたのかもしれない。ところが、見つかった若い娘たちは皆、恐怖のあらわな面持ちで壁にもたれていて、彼はせりふを最後まで言い終えることができなかった。まったく説得力のない声だし、人々もそうと気づいている。彼が崩壊寸前であることは一目瞭然だった。音楽家たちが見せつけるように彼のそばを素通りして店を出ていくのを見て、客の大半は、自分もさっさと帰ろう、と考えたようだ。本音を言えば、クズネツォフにとってもそのほうがありがたかった。いまはひとりになって考えたい。恐怖を取り繕っている気力はない。

弁護士に、クレムリンの知り合いに電話をかけたい。運がよければ、少しは慰めてもらえて、恥ずべき戦犯として西側諸国の新聞に載るおそれはない、と言ってもらえるかもしれない。ウラジーミル・クズネツォフには強力な後ろ盾があり、大物のひとりとしてさしたる良心の呵責(かしゃく)もなく、おぞましい罪を犯してきたことは事実だが、だからといって精神的に強い人間というわけではなかった。プライベートなパーティーで自分の力を誇示しようとしたところに、『キリング・ザ・ワールド・ウィズ・ライズ』を流されるなど、彼にとっては耐えがたいことだった。

そうして打ちのめされると、彼は社会階層を駆け上がる前の人物に逆戻りする。取るに足らないチンピラ、ちっぽけなB級犯罪者。ある日、ハマム(公衆浴場)で国家院の議員ふたりに出会うという、なんとも素晴らしい偶然に恵まれただけの。そこではほら話をいくつか披露しただけだった。クズネツォフにほかの才能はない。高い教育は受けていないし、とくに頭がいいわけでもなかったが、面白い話をすることは得意だった。それだけでよかったのだ。

大昔のある日の午後、酒を飲んでハマムに入りほらを吹いただけで、有力者の友人ができ、彼自身も精力的に仕事をするようになった。いまや何百人もの従業員を抱えている。その大半は、彼自身よりもはるかにすぐれた頭脳の持ち主だ。数学者、戦略家、心理学者、FSB（ロシア連邦保安庁）やGRUのコンサルタント、ハッカー、ITの専門家、エンジニア、AIやロボット工学の専門家など。金も権力も手に入れた。そして何より、外面だけを見れば、諜報機関やフェイクニュースと彼を結びつける人は誰もいなかった。

自分の責任を、あちこちの会社の所有状況を、ずっと巧みに隠してきたのだ。ここ最近はとくに、そうしておいて心底よかったと思っている。株価暴落にかかわっていたからではなく――あれはむしろ手柄でしかない――チェチェンからの指示でやった仕事のせいだ。マスコミに大々的に報道され、抗議運動や国連での騒ぎにまで発展してしまった。中でも最悪だったのが、この件をテーマにしたハードロックの曲が生まれたことだ。これが当然、世界中で大ヒットした。

チェチェンでの虐殺に抗議するデモでは必ずこの曲が流れ、クズネツォフはそのたびに、自分の名前が出てくるのではないかとひやひやしていた。パーティーの準備に忙しかったこの数週間で、ようやく元どおりの生活を送れるようになったのだ。笑う気にもなれたし、ジョークをとばしたりほら話をしたりもできるようになった。そうして今夜、豪華な客が次々と到着し、彼自身も胸を張って楽しんでいたところに、あの曲がいきなり、頭が割れそうなほどの音量で響きわたったのだった。

「ちくしょう、クソいまいましいうすら馬鹿どもめが」

「いま、何と?」

帽子と杖を手にした立派な老紳士が——クズネツォフは混乱のあまり、名前も肩書きも思い出すことができなかった——眉をひそめてこちらを見ている。やかましい、失せろ、と言ってやりたくなったが、ひょっとしたら向こうのほうが権力者かもと心配になり、できるかぎり礼儀正しく答えた。

「これは失礼しました。ちょっと頭にきていて」

「ITセキュリティーを見直したほうがいいのではないですか」

それなら腐るほどやってるよ、とクズネツォフは頭の中で言った。

「これはITの問題ではありません」

「では、何の問題ですか?」

「ええと……電気系統の」

電気系統。なんと馬鹿なことを言ったものだろう。電気回路がショートして、ひとりでに『キリング・ザ・ワールド・ウィズ・ライズ』を流しはじめたとでもいうのか？　恥ずかしくなって目をそらし、タクシーで去っていく残り少ない客たちに向かって、情けない面持ちで手を振った。店内から人がいなくなり、クズネツォフは部下である若い主任技術者、フェリックスを探した。あの若造、いったいどこに行ってやがる？

ようやく見つかった彼は、舞台のそばで電話中だった。細く生やした顎ひげは間抜けだし、タキシードは彼が着ていると藁袋のようで滑稽だ。ひどく焦っているように見える。当然だろう。この馬鹿は、トラブルが起きる可能性は万にひとつもないと請け合ったのだ。その結果がこの騒ぎである。クズネツォフは怒りを隠さず、彼に向かって手を振った。

フェリックスがその怒りを手で受け流すようなしぐさを見せたので、クズネツォフはその顎にパンチを見舞うか、頭を壁にたたきつけてやりたくなった。だが、フェリックスがようやくおそるおそる近寄ってくると、クズネツォフの態度はがらりと変わった。途方に暮れた口調だった。

「何の曲だったか聞こえたか？」

「聞こえました」とフェリックスは答えた。

「つまり、外部の何者かが知っているということだ」

「そのようですね」

「次は何が起こると思う？」

「わかりません」

「もうすぐ脅迫状でも来るんだろうか」

　フェリックスは黙ったまま唇(くちびる)を噛(か)んでいる。クズネツォフはうつろな目で道路のほうを見やった。

「もっとまずい事態にそなえて準備したほうがよさそうです」とフェリックスは言った。

　そんなことを言わないでくれ、とクズネツォフは思った。そんなことを言わないでくれ。

「なぜだ？」

　声が裏返った。

「たったいま、ボグダノフから電話があって……」

「ボグダノフ？」

「キーラの部下です」

　キーラ、とクズネツォフは考えた。あの美しい、恐ろしいキーラ。そして、思い出した――そういえば、彼女が到着したときに、すべてが始まったのではなかったか。あの美しい顔が歪(ゆが)んでおぞましいしかめ面になり、あの口が〝撃って、殺して〟と叫び、あの瞳が壁沿いに現われた暗い人影に向けられた、あのときに。その光景は彼の記憶の中で、そのあとの大騒音とまじり合って渾然一体となっている。

「そのボグダノフが、何だって？」

「うちをハッキングしたのが誰か知っている、と」

電気系統、とクズネツォフはまた考えた。〝電気系統の問題だ〟なんて、よく言えたな？

「つまり、ハッキングされたのか」

「どうやらそのようです」

「ハッキングは不可能だと言ったじゃないか。この大馬鹿者め、おまえが言ったんだぞ、不可能だと」

「そうですが、そのハッカーは……」

「そのハッカーがどうした？」

「途方もない技術を持った女だそうで」

「女なのか」

「女です。しかも金には興味がないらしいんです」

「じゃあ、何に興味があるんだ？」

「復讐です」とフェリックスは答えた。クズネツォフはそれを聞いて全身を震わせ、フェリックスの顎を殴りつけた。

それからその場を去り、泥酔するまでシャンパンとウォッカを飲んだ。


ホテルの自室に戻ったリスベットは落ち着きはらって見えた。急いでいるようにすら見えなかった。ウィスキーをグラスに注いで一気に飲み干し、ソファーテーブルに置いてあるボウルからナッツを取りもした。それから荷造りをした。その動きに、興奮や焦りの気配はまったくなかった。

スーツケースを閉めて立ち上がったところで初めて、彼女の体が不自然なほどにこわばっていること、その視線が何か壊せるものを探していることが見てとれた。花瓶、額縁、天井のシャンデリア。だが、彼女は代わりにバスルームに入り、鏡を凝視するにとどめた。自分の顔を、隅から隅までじっくりと検分するかのように、じっと見つめていた。が、実際には何も見えていなかった。

頭の中で、彼女はまだトヴェルスコイ大通りにいた。銃をつかもうとした自分の手に思いを馳(は)せ、同じ手を引っ込めたときのことを思い返した。どうして簡単なことのように思えたのか、どうしてあんなにも難しかったのかを思い返し、ふと気づいた——これからどうしたらいいのかさっぱりわからない。こんなことは夏になってから初めてだ。いまの彼女は……何だろう?……たぶん、完全に途方に暮れている。携帯電話を手に取り、カミラの住所を突きとめてもなお、力は湧いてこなかった。

彼女はいま、グーグルアースの衛星からの映像で、石造りの大きな家を見下ろしている。いくつものテラスや庭で縦横に広がり、プールや彫像まである家だ。これが全部、炎に包まれるところを想像してみる。ちょうど、ルンダ通りで父がメルセデス・ベンツとともに燃えたときのように。それでも力は湧いてこなかった。ついさっきまで完璧な計画に見えていたものが、もはや取っ散らかっただけのつまらないものとしか思えない。さきほどの迷いを、はるか昔の迷いを思い返す。そして、この迷いは命にかかわるほど危険だ、自分を妨げる枷(かせ)だ、と悟った。彼女は何やらぶつぶつとつぶやき、さらにウィスキーを飲んだ。

それからインターネットでホテルの料金を清算し、スーツケースを引いて部屋を出た。数ブロック離れたところで、排水口に拳銃を捨てた。それからタクシーに乗り、いくつか持っている偽造パスポートのひとつを使って、翌日早朝のコペンハーゲン行きのフライトを予約すると、シェレメチェボ国際空港に隣接するホテル・シェラトンにチェックインした。

真夜中を過ぎたころ、ミカエルからSMSが来ていることに気づいた。心配だ、と書いてあるのを読んで、リスベットはフィスカル通りの監視カメラ映像にまた思いを馳せ、彼のパソコンに侵入しようと決めた。なぜかはうまく説明できない。脳内をぐるぐるとめぐる思考を離れて、何か別のことを考えたかったのかもしれない。彼女は机に向かって腰を下ろした。

やがて暗号化されたドキュメントがいくつか見つかった。ミカエルにとって大切なもののようだが、リスベットも読めるようにしたいということらしい。ミカエルが彼女のために作ったファイルの中には、彼女にしかわからない手がかりや鍵が記されていた。彼のサーバー内をあちこち見てまわったのち、リスベットは株価暴落とトロール工場についての長い記事に読みふけった。ミカエルもかなりのところまで突きとめてはいたが、それでもリスベットには及ばない。ルポルタージュを二度読み込んだリスベットは、その下に追記を入れ、書類やメールのやりとりへのリンクを付け加えた。だがそのころにはもう疲れきっていて、クズネツォフの名の綴(つづ)りを間違えたことにも、そもそもミカエルの文章にまるで合わない書き方をしたことにも気づかなかった。かろうじて意識していたのは、ログアウトしたことと、スーツも靴も脱がないままベッドに仰向(あおむ)けになったことだけだった。

寝入ったリスベットは、炎の海のただ中に立った父親に、おまえは弱くなった、カミラに敵(かな)うはずがない、と言われる夢を見た。

第五章

八月十六日

ミカエルは日曜日の朝、六時に目を覚ました。おそらく暑さのせいだろう。じめじめと蒸し暑く、まるで嵐の前のようだ。シーツも枕カバーも汗で濡れている。頭痛がして、病気になったかと一瞬考えたが、すぐに昨晩のことを思い出した。夜更かしして酒を飲んだのだ。ミカエルは悪態をつき、カーテンの下から漏れ入ってくる朝の光にも文句を言いながら、布団(ふとん)を頭までかぶって二度寝しようとした。

だが愚かなことに、リスベットからSMSの返事が来ているだろうかと、携帯電話に手を伸ばしてしまった。もちろん返事は来ておらず、ミカエルはまたもや悶々(もんもん)とリスベットのことを考えはじめた。それで眠れるわけもなく、結局ベッドの上で上半身を起こした。

枕元のテーブルに、読みかけの本が何冊も雑然と置いてある。ミカエルは、このままべッドにとどまって読書をしようか、それともきちんと座って記事の続きを書こうか、としばし考えをめぐらせた。が、代わりにキッチンに向かい、カプチーノをいれた。それから朝刊を取りに行き、ニュースに読みふけり、いくつかのメールに返信し、アパート内を少し片づけ、バスルームをさらに掃除した。

九時半、『ミレニアム』の若手記者であるソフィー・メルケルからメッセージが届いた。ソフィーはつい最近、夫と息子ふたりとともに、この近所に引っ越してきたばかりだ。ルポの企画について相談したいという話で、ミカエルはあまり気乗りしなかったが、ソフィーのことは気に入っているので、三十分後にサンクト・パウル通りの〈コーヒーバー〉で会おうと提案した。親指を立てた絵文字が返ってきた。ミカエルは絵文字を好まない。言葉だけで充分だと思っている。だが古くさいと思われるのもいやなので、ここはひとつ、何か楽しげな絵文字を送ってみようと考えた。

ところが指先が狂い、笑顔の絵文字の代わりにうっかり赤いハートを送ってしまった。これは誤解されかねない。いや、まあいいか……絵文字の世界もインフレを起こしている。もうハートマークにたいした意味はない。そうだろう？　ハグはただの挨拶代わりだし、ハートマークだって……親愛の情、ぐらいの意味にちがいない。ミカエルは放置を決めた。シャワーを浴びてひげを剃り、ジーンズと青いシャツを身につけた。

それから外に出た。空は真っ青で、日射しはまぶしく、ミカエルはホルン通りへの石階段を下り、マリアトリエット広場に出てあたりを見まわしたところで、きのうのお祭り騒ぎの痕跡がほとんど残っていないことに驚いた。砂利道には吸い殻のひとつも見当たらない。ゴミ箱は空になっているし、左のほう、ホテル・リヴァルの前では、オレンジ色のベストを着た若い娘が長い清掃トングで芝生のゴミを拾っている。ミカエルは彼女のそばを通り過ぎ、広場の中央にある銅像の前にさしかかった。

この街にある中で、ミカエルがこれほど頻繁に前を通っている銅像はほかにない。にもかかわらず、彼はこれが何の銅像かすら知らなかった。気にとめたことがないのだ――人は誰しも、すぐ目の前にあるのに気にとめていない事物がたくさんあるものだ。もし当ててみろと言われたら、ミカエルは聖ゲオルギオスとドラゴンの像と推測しただろう。正解は、ヨルムンガンド（北欧神話の毒蛇の怪物）を倒しているトールの像だ。ミカエルはこれまでの長い年月、説明を読んだことすら一度もなく、今日もその視線は銅像を素通りして、若い父親が退屈しきった顔で息子の乗ったブランコを揺らしてやっている遊び場や、人々が座って太陽を仰いでいるベンチや芝生に向けられていた。いつもと変わりない、日曜日の朝の風景だ。それなのにミカエルは、何かが欠けている、という感覚にとらわれた。ばかばかしい、気のせいだろう、と考え、歩くスピードを上げてサンクト・パウル通りに入ったところで、気づいた。

　欠けていたのは、ある人物だ。ここ一週間ほどは見かけなかったが、それまでずっと、銅像のそばに段ボールを敷き、その上でじっと動かず、瞑想中の僧のように座っていた男。指が何本か欠け、年老いて皮膚の乾ききった顔をしていて、大きな青いダウンジャケットを着ていた。ごく短期間とはいえ、ミカエルにとって、ストックホルムの風景の一部となっていた人物だ。もっともその風景も、仕事に没頭している時期はいつもそうだが、ここ最近は単なる背景と化していた。

　あまりに自分の殻に閉じこもっていて、まわりが見えていなかったのだ。だがそのあいだもずっと、ミカエルの無意識の世界に差した影のごとく、あの哀れな男はそこにいた。そして、いなくなったいまになってようやく、その姿がくっきりと浮かび上がってきた。彼の特徴がいくつも、あっという間に記憶の中から次々とよみがえる。頬の黒く変色した部分、ひび割れた唇、その姿に表われた苦しみとは対照的な、どこか誇らしげな姿勢。どうして忘れていたのだろう？　もちろん、心のどこかで答えはわかっていた。

　しばらく前なら彼のような人は、街角にぱくりと開いた傷口のごとく、大いに目立ったことだろう。ところが最近は、五十メートルも歩けば必ず、数クローナ恵んでくれと近寄ってくる人に行き当たる。歩道、店先、ゴミ集積場、地下鉄駅の入口、あちこちに物乞いの男女が座っている。以前とは違う、傷だらけのストックホルムが生まれ、広がり、皆がたちまち慣れてしまった。それが、悲しい真実だった。

　物乞いが増えたのはちょうど、ストックホルムの人々が現金を持ち歩かなくなったのと同じ時期で、ミカエルもまた、誰もがそうしているように、目をそらして素通りするようになっていた。もう罪悪感を覚えることすらめったにない。ミカエルはふと憂鬱（ゆううつ）な気分になった。例の男や物乞い全般が原因とはかぎらない。むしろ、あっという間に過ぎゆく時間、いつのまにか変化を遂げる人生のせいかもしれなかった。

〈コーヒーバー〉脇の狭い道にトラックが駐（と）まっていて、いったいどうやって出るつもりなのか見当もつかない。店内にはいつものことながら知り合いが多すぎた。対応する気力はなく、義務的に挨拶だけ済ませると、エスプレッソをダブルで注文し、アンズタケを載せたトーストも頼んで、サンクト・パウル通りに面した窓辺のテーブルについて物思いにふけった。ほどなく背中に誰かの手が触れた。ソフィーだった。緑のワンピースを着て髪を下ろしており、慎重な笑みを向けてくる。ミルクティーとペリエを注文した彼女は、携帯電話の画面に映った赤いハートマークを見せてきた。

「これは口説（くど）いてるつもりですか、それとも福利厚生の一環？」

「手元が狂ったんだ」

「不正解ですね」

「じゃあ、福利厚生ってことにしといてくれ。エリカからの命令だ」

「まだ不正解だけど、さっきの答えよりはましかな」

「ご家族は元気かい？」

「一家の母親として、夏休みは長すぎると主張したいです。子どもたちは娯楽がとぎれると文句を言うし。まったく、いっぱしの悪ガキですよ」

「この界隈（かいわい）に引っ越してきてから、どれくらいになるんだっけ？」

「もうすぐ五カ月になります。あなたは？」

「百年だよ」

ソフィーは笑った。

「いや、ある意味、本気でそう言ってるんだ」とミカエルは続けた。「ぼくみたいに長いことこの界隈に住んでると、人はまわりを見なくなる。夢遊病者みたいに歩くようになる」

「そうでしょうか？」

「少なくともぼくはそうだ。でも、きみは引っ越してきたばかりだから、たぶん、もっとちゃんと目を開けてまわりを見てる」

「そうかもしれませんね」

「覚えてるかな？　マリアトリエット広場に、分厚いダウンジャケットを着た物乞いが座ってただろう。顔の一部が黒く変色してて、手の指が何本も欠けてた」

ソフィーは悲しげな笑みをうかべた。

「ええ、もちろん、よく覚えていますよ」

「もちろん？　どうして？」

「一度見たら、そう忘れられる人じゃないでしょう」

「ぼくは忘れてたよ」

ソフィーは驚いてミカエルを見た。

「どういう意味ですか？」

「十回は見かけてたはずなのに、ほとんど気づいてなかった。彼は亡くなってから生きはじめたんだ。ぼくにとってはね」

「亡くなったんですか？」

「きのう、法医学者から電話がかかってきた」

「いったいなぜ？」

「ぼくの電話番号を書いた紙がポケットに入ってたらしいんだ。それで、身元を突きとめるのに役立つかもしれないと思ったんだろう」

「でも、役立たなかった？」

「ああ。全然」

「きっと、あなたに伝えたいネタが何かあったんでしょうね」

「そういうことだろうね」

ソフィーは紅茶を飲み、ふたりはしばらく黙って座っていた。

「あの人、一週間ぐらい前、カトリン・リンドースにからんでいました」やがてソフィーが言った。

「そうなのか？」

「カトリンの姿を見て、すっかり興奮状態になって。私、スヴェーデンボリ通りのほうから見ていたんですけど」

「どういうつもりだったんだろう？」

「テレビで見たんでしょうね、きっと」

確かに、カトリン・リンドースはときどきテレビに出ている。保守派の評論家・コラムニストで、法と秩序、学校での規律や学習成果などが議論のテーマになると、よく登場する。品行方正タイプの美人で、服装は完璧なラインのスーツか、ぴしりとアイロンのかかったボウタイブラウス、髪の一本すら乱れていることはけっしてない。いかめしいばかりで想像力に欠ける人物だとミカエルは感じている。彼女のほうも、『スヴェンスカ・ダーグブラーデット』紙でミカエルを批判したことがある。

「で、何があったんだ？」

「あの人がカトリンの腕をつかんで、大声で叫んだんです」

「何と言ってた？」

「わかりませんけど、杖か、木の枝みたいなものをぶんぶん振りまわしていました。カトリンはすっかりショックを受けていて、私は彼女をなだめて落ち着かせました。ジャケットにしみがついてしまっていたので、取るのを手伝いました」

「そりゃ大変だ、彼女にとっては一大事だな」

皮肉のつもりではなかった。少なくとも自分ではそう思っていた。が、ソフィーは思いがけなくきつい口調で言い返してきた。

「カトリンのこと、前から嫌いでしょう。違います？」

「嫌いなんてことはないよ」ミカエルは弁明に入った。「彼女に非はないと思う。ぼくの目には、少々右寄りすぎて、きちんとしすぎてるように見える、っていうだけで」

「完璧な優等生のお嬢さん、と」

「そこまでは言ってない」

「でも、思いはしたでしょう。知っていますか、カトリンがインターネットでどんなひどいことを言われているか。名門校出身で庶民を見下している、上流階級のいけすかない女。みんなそう思い込んでいるんです。だけど、彼女が実際にはどんな経験をしてきたか、あなたは知っているんですか？」

「いや、ソフィー、知らないよ」

彼女がなぜ突然こんなに怒りだしたのか、ミカエルには皆目わからなかった。

「それでしたらお教えします」

「頼むよ」

「カトリンはね、悲惨としか言いようのない環境で育ったんです。イェーテボリの、クスリ漬けになったヒッピーコミュニティーでね。お父さんもお母さんもLSDやヘロインをやっていて、家はゴミだらけ、クスリで朦朧とした人だらけだった。スーツも、きちんとした態度も、そんな環境を抜け出して生き延びるためだったんです。必死で頑張ってきた人なんですよ。反逆者なんです。彼女なりの形ではあるけれど」

「へえ、そりゃ興味深い」

「でしょう。あなたがカトリンのことを反動的だと思っていることは知っています。でも、ニューエイジとか、似非スピリチュアルとか、そういういろんな馬鹿げたこと、彼女自身が囲まれて育ったものと闘ってきて、素晴らしい成果を挙げてもいるんです。世間の人が思っているより、ずっと興味深い人なんですよ」

「きみ、友だちなのか？」

「友だちです」

「教えてくれてありがとう、ソフィー。次からは彼女のことを、これまでとは違う視点から見るようにするよ」

「本当かしら」とソフィーは言い、取り繕うように笑い声を上げて、この件になると黙っていられなくて、というようなことをつぶやいた。

それからミカエルの記事の進み具合を尋ねた。順調とは言いがたい、とミカエルは答えた。ロシアの線が袋小路にはまったのだ、と。

「でも、いい情報源があるんですよね？」

「情報源が知らないことは、ぼくも知ることはできないよ」

「実際にサンクトペテルブルクに行って、そのトロール工場を探ったほうがいいんじゃありませんか。何ていう名前でしたっけ」

「ニュー・エージェンシー・ハウス」

「そこが中心みたいなものなんですよね」

「そこの扉も閉ざされてる気がする」

「珍しいですね、ミカエル・ブルムクヴィストともあろう人が、そんな悲観的なことを言うなんて」

ミカエルは自分でもそう思ったが、それでもサンクトペテルブルクまで行く気にはなれなかった。あの街にはすでにジャーナリストがうじゃうじゃいるが、トロール工場の責任者の名も、情報機関や政府がどこまでかかわっているのかも、誰ひとり突きとめることができていない。ミカエルは心底うんざりしていた。報道そのものにも、嘆かわしい方向に進むばかりの世界政治にも、もう疲れた。彼はエスプレッソを飲み、ルポルタージュの企画についてソフィーに尋ねた。

虚偽情報拡散キャンペーンの裏に見え隠れする反ユダヤ主義について書きたいのだという。目新しいネタではない。フェイクニュースを流すトロール連中は当然、株価暴落はユダヤ人の陰謀だとほのめかさずにはいられなかった。この種の不快きわまりないでたらめは、何世紀も前から流布しつづけている。すでに無数の記事や分析が出ているテーマだ。だが、ソフィーはもっと具体的な切り口を用意していた。

人々の日常生活にどんな影響があるかを報じたい、ということだった。学校に通う子どもたち、教師、知識人、これまでは自分がユダヤ人であることすらほとんど意識していなかった、ごくふつうの人たち。ミカエルは「いいね、それでいこう」と答え、いくつか質問をし、励ましの言葉をかけた。社会に蔓延(まんえん)する憎しみ、ポピュリズム、過激派について話し、彼の留守番電話にメッセージを残していく馬鹿どもについても話をした。だが、そのうち自分の話にうんざりしてきたので、ソフィーに別れを告げて挨拶のハグをし、ごめん、と付け加えた。なぜかは自分でもよくわからない。家に帰り、着替えてジョギングに出た。

第六章

八月十六日

モスクワの西、リュブリョフカの邸宅でベッドに寝そべっていたキーラは、部下であるチーフハッカー、ユーリー・ボグダノフが自分と話をしたがっていると聞いた。が、待つよう告げた。意図が間違いなく伝わるよう、家政婦のカーチャにヘアブラシを投げつけ、布団(ふとん)を頭までかぶりもした。まるで地獄のような夜だった。レストランから響いてきた大音量、足音、姉のシルエットの記憶が迫ってきて、彼女はひっきりなしに肩をさわっていた。歩道で突きとばされたところがまだ痛む。身体的な苦痛というより、むしろ何かの存在がいまだに貼りついているようだ。

どうしていつまでも終わらないのだろう? これまでずっと必死に働き、こんなにもたくさんのことをなしとげてきた。それなのに過去がしつこくつきまとって離れない。しかも同じ形で戻ってくるのではない。よみがえるたびに姿を変えるのだ。幸せな子ども時代だったとは言いがたいが、彼女なりに愛(いと)おしく思っている部分もないわけではない。ところがいまはそれすらも、徐々に奪われつつあった。

カミラは幼いころから、外へ行きたい、遠くへ行きたい、と一心不乱に願っていた。ルンダ通りから、姉と母との暮らしから離れたい。自分たちは貧しく弱いのだという思いから逃れたい。自分には、もっといい人生がふさわしい。年端もいかないころからそう考えていた。いまでもうっすらと記憶しているのは、〈NKデパート〉の広い吹き抜け、通称〝光の中庭(ユースゴーデン)〟でのことだ。柄物(がらもの)のズボンをはき、毛皮を身にまとった女性がいた。彼女は笑い声を上げていて、信じられないほど美しく、まったく別の世界から来たように見えた。カミラは彼女に近づいていき、ついには彼女の脚のそばまでたどり着いた。すると、その女性に引けを取らない優雅さの女友だちがやってきて、女性の頬に挨拶(あいさつ)のキスをしてから、こう言った。

「あら、娘さん?」

女性は振り返り、下を向いてカミラに気づくと、微笑んで英語でこう答えた。

「そうだったらいいのに」

カミラにはその意味がわからなかったが、どうやら褒(ほ)められたらしいということはわかった。遠ざかっていくときに、もうひとこと聞こえてきた。「なんてかわいい子。あの子のお母さん、もっといい服を着せてあげればいいのにね」その言葉がカミラに傷を刻みつけ、彼女はアグネータのいるほうをじっと見つめた――そのころにはもう、母のことをアグネータと呼んでいた。少し離れたところで、リスベットとともにクリスマスの飾りを眺めているアグネータを見て、カミラは自分たちを隔てる深淵のような違いに気づいた。さっきの女性たちが、人生は楽しむためにあるとばかりに光り輝いている一方で、アグネータの背は曲がり、肌は青白く、着ている服はぼろぼろで見苦しい。不公平だ、という思いが、彼女の内側をちりりと焦がした。自分は間違ったところに生まれたのだと思った。間違っている、と。

そういう瞬間が、子どものころはたくさんあった。気分が高揚し、同時に呪われていると感じる瞬間。お姫さまみたいな美しさだと言われて高揚しては、日陰者の一家に属している自分は呪われていると感じる。

それで盗みをはたらくようになったのは事実だ。服やヘアクリップを買うためで、たいしたものを盗んだわけではない。たいていは小銭で、ごくたまに紙幣、あとは祖母の古いブローチとか、本棚に置いてあったロシアの花瓶とか、その程度だった。それなのに、もっと悪いことをしたと罪をなすりつけられたのもまた事実で、カミラは徐々に、アグネータとリスベットがぐるになって自分を陥れようとしている、と感じるようになった。家にいても、自分だけ異質だと感じることが多く、監視されている取り替え子（古来の民間伝承では、妖精が人間の子どもをひそかに連れ去り、代わりに自分の子を置いていくことがあるとされていた）のような気分だった。そのうえ、たまにやってくるザラにはできそこない扱いされ、突き放されるばかりだった。

そんなときのカミラはこの世の誰より孤独だった。とにかくこの家を出たい、誰か別の人、自分にもっとふさわしい人に育ててもらいたい、と夢見ていた。そこに、少しずつ光が差しはじめた。それは偽りの光だったかもしれないが、ほかにすがる先はなかった。まず、細かいことが目にとまるようになった。金の腕時計、丸められてズボンのポケットに入った札束、電話で相手に命令しているらしき口調。ザラがただ単に暴力をふるうだけの人ではないことを示す、ちょっとしたしるしの数々。その自信、権威、世慣れた態度、しぐさにこもった力——彼が放っている権力の輝きそのものが、だんだん見えてきたのだ。

だが、それ以上にカミラの目にとまったのは、ザラのほうもこちらを見るようになったという事実だった。ザラがふと動きを止め、カミラを頭から爪先までまじまじと見つめ、微笑みをうかべたりする。そうなると、もうあらがうことはできなかった。ザラが微笑むのはこのときだけで、だからこそその微笑にはすさまじい力があった。自分にスポットライトが向けられた、とカミラは感じた。こうしてある時点から、カミラは父親の訪問が怖くなくなった。彼こそが自分をここから連れ去り、もっと豊かな、美しい場所へ導いてくれる人なのだ、と想像するまでになった。

　カミラが十一歳か十二歳だったころのある夜、アグネータとリスベットは出かけていて、父がキッチンに座ってウォッカを飲んでいた。カミラが近づいていくと、父はカミラの髪を撫で、酒をジュースで割って出してくれた。「スクリュー・ドライバーだ」と父は言い、昔の話をした。ウラル山脈のふもと、スヴェルドロフスク（現在のエカテリンブルク）の孤児院で育ち、毎日のように折檻されていたこと。それでも耐えて生き抜き、権力も金も手に入れて、世界中に仲間のいる身となったこと。まるでおとぎ話のようだった。父は唇に指を当て、いまのはふたりだけの秘密だ、とささやいた。カミラはぞくりと震えた。それで、アグネータとリスベットがどんなに意地悪か、話す勇気が湧いた。

「それは妬みだな。人は皆、おれやおまえのような人間を妬むものだ」と父は言い、ふたりがもっとやさしくなるようにしてやろう、と約束してくれた。それを機に、家での暮らしはがらりと変わった。

　ザラは彼女のもとを訪ねてくる広大な世界そのものとなり、カミラは父を愛した。自分を救ってくれたから、というだけではない。父は何が起きても動じることがなかった。何であろうと、何者であろうと——ときどきやってくるグレーのコートを着たいかめしい男の人たちも、ある朝ドアをノックしてきた肩幅の広い警察官たちすらも、彼を揺るがすことはできなかった。が、カミラにはそれができたのだ。

カミラの力で、彼女といるときのザラは穏やかな、思いやりのある人間になった。それから長いあいだ、彼女は自分がこのためにどれほどの代償を払ったか、まるで気づいていなかった。ましてや自分自身をだましていたことなど気づけるわけもなかった。人生最良の時期だと思い込んでいた。ついに注目され、幸せになれたのだ。父の訪問が増えたのを喜び、彼がプレゼントや金をこっそりくれるのを喜んだ。ところがそんなとき——それまでとは違う、何か大いなるものが、すぐそこまで来ているように思われた矢先、リスベットにすべてを奪われた。以来、カミラは姉に凄烈な憎しみを抱いている。その憎しみこそ、彼女の中では何よりも永続的であり、すべての根底にあるものだ。リスベットに反撃し、彼女を打ちのめしたい。いま姉のほうが少々優位に立っているからといって、尻込みするつもりは毛頭ない。

カーテンの外では昨晩の雨が上がり、太陽が照っている。芝刈り機の音が聞こえ、遠くのほうから人の声もした。カミラは目を閉じ、ルンダ通りで夜中、姉妹の部屋に近づいてきた足音を思い返した。それから右手の拳を握り、羽毛布団を蹴とばして起き上がった。

これから、主導権を取り戻すのだ。

ユーリー・ボグダノフはもう一時間も待たされている。とはいえ、無為に過ごしていたわけではない。ノートパソコンを膝に置いて集中し、いまになってようやく、不安げな目でテラスのほうを、その外に広がる広い庭を見やった。喜ばしい知らせはひとつもない。叱責され、必死で働かされることになるだろうと覚悟している。だが、それでもエネルギーと意欲を感じているし、人脈はすでに駆使している。電話が鳴った。着信を拒否する。またクズネツォフだ。ヒステリックで頭の足りない、あのくそったれ野郎。

時刻は十一時十分で、外では庭師たちが昼の休憩をとっている。時は刻々と過ぎていくばかりだ。彼は自分の靴を見下ろした。ボグダノフはいまや金持ちで、オーダーメイドのスーツや高価な時計を身につけている。それでもどん底の生活の痕跡はまだ消えていない。路上育ちのジャンキーだった、過去の暮らしの痕跡が、彼の視線やしぐさにしっかりと刻み込まれている。

角ばった、傷だらけの顔をしていて、ひょろりと背が高く、唇は薄く、両腕に素人の手になるタトゥーが入っている。キーラが社交の場で見せびらかしたがる人物ではないが、それでも彼女にとってはずっと、貴重な人材でありつづけている。その事実が彼の支えだ。ついに大理石の床を打つヒールの音が聞こえてきた。近づいてきた彼女は、いつものとおり、この世のものとは思えない美しさで、水色のスーツに襟までボタンを止めた赤いブラウスという姿だった。彼女はボグダノフの隣の肘掛け椅子に腰を下ろした。

「さて、何がわかった？」

「問題だらけだってことが」

「さっさと言いなさい」

「あの女が……」

「リスベット・サランデルね」

「まだ確認は取れてないけど、ああ、サランデルと考えて間違いない。とくに、ハッキングのレベルを考えると」

「どういうこと？」

「クズネツォフには被害妄想の気があって、ITシステムは徹底的にチェックしてあった。侵入は不可能だとお墨付きをもらってたんだ」

「ところが、そのお墨付きが間違っていた」

「そう。サランデルがどうやったのかはまだわからないが、ハッキングさえ果たしてしまえば、作戦そのものはわりに単純だった。スポティファイ（音楽ストリーミングサービス）と、昨晩のためにセットされてたスピーカーに接続して、有名なロックの曲をかけた」

「それだけじゃないでしょう。みんな頭がおかしくなりそうだったのよ」

「イコライザーもあったんだが、不幸なことにデジタルで、パラメトリックで、Wi－Fiシステムに接続されてた」

「わたしにもわかるように話しなさい」

「イコライザーっていうのは、音の設定を決める機械だよ。低音や高音を細かく調節できる。サランデルはそこに入り込んで、すさまじい音のショックを作り上げたんだ。それで不快きわまりない音が流れた。心臓まで響いたはずだ。だから、音のせいだってことすら気づかずに、胸を押さえた人が多かった」

「つまり、あの女は騒ぎを起こしたかったわけ」

「何より、メッセージを伝えようとしたんだと思う。流れた曲は『キリング・ザ・ワールド・ウィズ・ライズ』だった。プッシー・ストライカーズの曲だ」

「あの赤毛の淫売どものこと？」

「そのとおり」とボグダノフは答えた。実はプッシー・ストライカーズのことをなかなか恰好いいと思っているのだが、そのことはおくびにも出さなかった。

「続けて」

「チェチェンで同性愛者が虐殺されたという報道を受けて書かれた曲だ。けど、歌詞の内容が指してるのは、虐殺犯でも国の機構でもない。虐殺が起きる前、ソーシャルメディアでヘイトキャンペーンを主導した人物だ」

「つまり、ほかならぬクズネツォフ本人ってこと」

「そのとおり、だけど……」

「外部の人間がそのことを知っているはずではなかった」とキーラが補った。

「そもそもあの男が情報機関を率いてること自体、誰も知らないはずだったんだ」

「じゃあ、リスベットはどうやって知ったの？」

「そこをいま調べてる。関係者をなだめてる最中でもある。クズネツォフはパニック状態だ。死ぬほど怖がって酒浸りになってる」

「どうしていまさら？　あの男が人の対立を煽ったのは、これが初めてじゃないでしょうに」

「まあそうだけど、チェチェンでは箍がはずれたみたいになったからな。生き埋めにされた人もいたそうだし」

「それはクズネツォフの問題であって、わたしには関係ない」

「確かに。だが、心配なことがひとつあって……」

「さっさと言いなさい」

「……サランデルの真の標的は、たぶんクズネツォフではないだろうってことだ。おれたちと情報機関とのかかわりも知ってる可能性は捨てきれない。あの女が復讐したがってるのはあんたであって、クズネツォフではない。そうだろう?」

「やっぱりあの女、とっくの昔に殺しておくべきだった」

「もうひとつ、まだ話してないことが」

「何よ？」

これ以上先延ばしにしても意味はないと、ボグダノフにはわかっていた。

「昨晩、あの女はあんたを突きとばしたあと、つまずいてバランスをくずし、前のめりに倒れた。少なくともそういうふうに見えた。で、あんたのリムジンに手をついた。後輪の上あたりだ。初めはごく自然な動きだと思った。だが、そのあと、監視カメラの映像を何度も見てるうちに、ひょっとすると倒れたのではないかもしれないと思えてきた。つまずいて車に手をついたというより、何か押しつけているように見えたんだ。で、その何かってのが、これだ」

彼は小さな長方形の箱を掲げてみせた。

「何なの？」

「ＧＰＳ発信機。ここまでついてきた」

「あの女にわたしの住所を知られたってこと？」

カミラは歯を食いしばったままそうつぶやいた。口の中に、鉄のような、血のような味が広がった。

「残念ながら、おそらく」とボグダノフは答えた。

「この役立たず」

「ありとあらゆる安全対策を取ってる」ボグダノフの緊張は見るからに増していた。「警備も強化した。もちろん、ＩＴシステムのセキュリティーも」

「つまり、わたしたちは身を守らなきゃならない状況にある、と。そういうこと？」

「いや、いや、そこまでは言ってないよ。いちおう伝えておこうと思っただけだ」

「なら、さっさとあの女を見つけ出しなさい」

「それが、そう簡単にはいかないんだよ。あの付近の監視カメラ映像をひととおり見てみたが、どれにも見当たらない。電話やパソコン経由でも足取りをたどれてない」

「ホテルを全部探しなさい。指名手配でもして。入ってくる情報を全部、徹底的に調べるのよ」

「努力はしてる。いずれ必ずたたきつぶせる、間違いない」

「あの魔女をあなどってはだめよ」

「あなどるなんてとんでもない。だが実を言えば、あの女はチャンスを逃したのであって、状況はおれたちのほうに有利になったと思う」

「どうしてそんなことが言えるのよ？　住所まで知られているのに」

ボグダノフはためらい、言葉を探した。

「サランデルに殺されると思った、って言ってたよな。違ったか？」

「間違いなく殺されると思った。でも、どうやらあの女、もっと恐ろしいことをたくらんでいるようね」

「それは違うと思う」

「どういうこと？」

「あの女は本当に、あんたを撃つつもりだったんだと思う。そう考えないと、あの攻撃の意味がわからない。クズネツォフを死ぬほど怖がらせることには成功した。だが、ほかには……何のメリットがあった？　何もない。ただ自分の姿を人目にさらしただけだ」

「ということは、つまり……」

キーラは庭に目をやり、庭師たちはいったいどこへ行ったのだろうと考えた。

「あの女は土壇場（どたんば）でためらって、計画を完遂できなかったんだと思う。あんたを殺すことはできないんだ。そこまで強くないってことだよ」

「なかなか愉快な説ね」

「それが真実だと思う。そう考えないと説明がつかない」

　キーラの気分はたちまち少し回復した。

「それに、あの女には、失いたくない人が何人もいるのよね」と彼女は言った。

「女の愛人が何人もいるらしいな」

「それと、名探偵カッレくん」とキーラは付け加えた。「あの女には誰より何より、ミカエル・ブルムクヴィストがいる」

第七章

八月十六日

時刻は夜の七時半、ミカエルはスルッセンのレストラン〈ゴンドーレン〉にいて、警備会社ミルトン・セキュリティー社の社長、ドラガン・アルマンスキーと夕食をとっている。そして、そのことを後悔している。オシュタ湾のほとりをジョギングしたあとで脚や背中が痛いし、それに正直なところ、かなり退屈してもいる。東の発展の可能性がどうとかいう話ばかりだ――いや、西だったか？　そのあいまにどういうわけか、ユールゴーデン島でのパーティーのテントに馬が入り込んできた話が始まった。

「そしたら、あの馬鹿ども、グランドピアノをプールに引っぱり込んでね」

そのことと馬に関係があるのかどうか、ミカエルにはわからなかった。とはいえ、あまり話を聞いていなかったことも事実だ。店の奥のほうに『ダーゲンス・ニューヘーテル』

紙の同業者が何人かいて、昔つきあおうとしてうまくいかなかったミア・セーデルンドの姿も見える。少し離れたところには、王立劇場の俳優、モーテン・ニーストレムが立っている。演劇界での権力濫用について調査した『ミレニアム』の記事では、あまり好ましい書かれ方をしなかった男だ。どちらもミカエルを見て喜んでいるようには見えず、彼はテーブルを見下ろし、ワインを飲みながらリスベットのことを考えていた。

　リスベットこそ、ミカエルとドラガンを結ぶ共通点だ。ドラガンは彼女を雇ったことのある唯一の雇用主で、いまだに彼女のことを気にしている。無理もないことかもしれない。彼がかつて、一種の慈善事業のつもりで雇ったリスベットは、ほどなく誰よりも優秀なスタッフとなったのだ。しかもドラガンはどうやら一時、彼女に惹かれてもいたようだ。

「めちゃくちゃな話ですね」とミカエルは言った。

「まったくだよ。で、そのグランドピアノは……」

「リスベットが引っ越すことは、あなたも知らなかったんですね？」ミカエルは相手の話をさえぎった。

　ドラガンはなかなか話題を変えようとしなかった。ミカエルが自分の話を面白がってくれないことに傷ついていたのかもしれない。プールにグランドピアノが落ちた話だぞ、ロックスターもうらやむようなネタじゃないか？　だが、ほどなくドラガンも真剣な表情になった。
「本当は秘密にしておくべきなんだが」と彼は言った。
悪くない出だしだ、とミカエルは思い、テーブルの上に身を乗り出した。

リスベットはコペンハーゲンのホテルの一室で、昼寝をし、シャワーを浴びた。パソコンに向かって座っていると、プレイグが——〝ハッカー共和国〟に属する、彼女のいちばん近しい仲間だ——暗号化されたメッセージを送ってきた。ごく日常的な、短い問いかけでしかなかったが、それでも彼女は苛立った。
［大丈夫か？］とプレイグは書いていた。
放っといてよ、とリスベットは思ったが、こう答えた。
［もうモスクワにはいない］
［どうして？］
［やろうと思ったことをやる気になれなかった］
［何をやる気になれなかったって？］
街に繰り出し、何もかも忘れたくなった。リスベットはこう書いた。
［終わらせること］

「何を？」

さよなら、プレイグ、とリスベットは頭の中で言った。

「何でもない」

「どうして何でもないことを終わらせる気になれなかったんだ？」

あんたは気にしなくていい、とリスベットはつぶやいた。

「思い出したことがあったから」

「何を思い出したって？」

足音を、とリスベットは考えた。父のささやき声、自分の迷い、あのころは理解しきれなかったこと、そして、ベッドから起き上がって部屋を出ていき、ザラに、あの豚野郎についていった、妹のシルエット。

「いやなこと、いろいろ」と彼女は返信した。

「いやなことって？」

彼女はパソコンを壁に投げつけたいという衝動にかられた。代わりに、こう書いた。

「モスクワにはどんなコネがある？」

「ワスプ、きみのことが心配なんだ。ロシアはもう忘れろよ。遠くへ行け」

うるさい、とリスベットは考えた。

［モスクワにはどんなコネがある？］
［いいコネがあるよ］
［危ない場所にＩＭＳＩキャッチャー（携帯電話の基地局になりすまし、接続する電話の情報を収集する装置）を仕掛けられる人は？］
　プレイグの返信はなかった。少なくとも、しばらくのあいだは。
　やがて、彼はこう書いてきた。
［たとえば、カーチャ・フリップとか］
［何者？］
［正常とは言いがたいな。以前はシャルタイ・ボルタイ（ロシアのハッカー集団）にいたらしい］
　それはつまり、高くつくということだ。
［信用できるの？］
［どれだけ金を積むかによるな］
［その人の情報を送って］
　リスベットはそう書き送ると、パソコンを閉じ、着替えようと立ち上がった。だが結局、今日も例の黒スーツで充分だという結論に達した。きのうの雨で皺になったし、右袖にはグレーのしみがついているし、着たまま寝入ったせいであまりよい状態とは言えない。が、

まあいいだろう。化粧は今日もまったくするつもりはない。ただ指で髪を梳き、部屋を出てエレベーターで下りると、一階のバーでビールを注文して腰を下ろした。

外は広々としたコンゲンス・ニュトーウ広場で、空には暗い雲がいくつか浮かんでいる。だが、リスベットには何も見えていなかった。トヴェルスコイ大通りでためらった手の記憶に、頭の中で繰り返し再生される過去の映像に、いまだとらわれていて、まわりのことはいっさい目に入っていなかった――すぐそばで、誰かの声が、プレイグと同じ質問を投げかけてくるまでは。

「大丈夫?」

リスベットは苛立った。他人には関係のないことではないか。顔を上げもしなかった。ただ、ミカエルからまたメッセージが届いたことに気づいた。


ドラガン・アルマンスキーは身を乗り出し、いかにも秘密めいたささやき声で言った。

「この春、リスベットから電話があった。マンションの管理組合と話をして、フィスカル通りの共同玄関の外に監視カメラを取り付けるよう手配してほしい、という話だった。私もそれはいい考えだと思った」

「で、言われたとおりに手配したんですね」

「簡単にできることではないんだよ、ミカエル。県庁の許可が要るし、ほかにもいろいろ手続きをしなくてはならない。だが、今回はうまく許可が下りた。私はどんな脅威があるかを説明したし、ブブランスキー警部も報告書を書いてくれた」

「さすがですね、ブブランスキーさん」

「彼も私も努力した甲斐あって、七月の初めにはもう、スタッフをふたり送って、ネットギア社製の遠隔操作カメラを二台設置することができた。言うまでもないと思うが、暗号化には細心の注意を払った。われわれ以外は誰もカメラの映像を見られないようにしてあったんだ。私は監視センターの連中に、これらのモニターを注意して見るよう指示した。リスベットのことが心配だったんだ。敵があの子を追ってくるのではないかと」

「心配だったのは、みんな同じですよ」

「だが、それが杞憂でなかったことが、あんなにも早く証明されるとは思っていなかった。六日後にはもう、夜中の一時半、うちの夜勤オペレーターであるステーネ・グランルンドが、現場のマイクが拾ったバイクの音に気づいた。カメラの向きを変えようとしたところで、別の誰かに先を越された」

「なんてこった」

「まったくだ。だが、ステーネは深く考える間もなかった。やってきたのは、スヴァーヴエルシェー・オートバイクラブの革ジャンを着た男ふたりだったんだ」

「最悪だ」

「ああ。リスベットの住所はもはや秘密ではなかった。スヴァーヴェルシェー・オートバイクラブは、コーヒーと菓子を持って人の家を訪ねる連中ではない」

「そうですね」

「幸い、この男たちがカメラのほうを向いてくれたので、われわれは当然、すぐに警察に連絡し、男たちの身元を割り出してもらうことができた。片方は確か、コヴィッチという名だった。ペーテル・コヴィッチ。だが、それで問題が解決したわけではない。私はリスベットに電話し、すぐに会いたいと申し入れた。リスベットはしぶしぶながらも応じてくれた。私のオフィスに現われた彼女は、世の母親が息子の結婚相手にと望みそうな姿だったよ」

「いくらなんでもそれはないでしょう」

「リスベットにしては、という意味だ。ピアスはしていなかったし、髪を短くして、なんともきちんとした恰好(かっこう)だった。ああ、自分はこの妙ちくりんな娘に会いたかったんだな、と実感したよ。言い争う気にもなれなかった。彼女がうちのカメラをハッキングしたことは当然わかったからね。ただ、気をつけろ、とだけ言った。敵はきみを狙っているぞ、と。すると、人に狙われるのは昔からだと彼女が言うので、私は腹を立てた。厳しい口調で、助けを求めろ、警護を頼め、と言った。『そうしないと殺されるぞ』とね。ところが、その次に起きたことで、私は心底恐ろしくなった」

「何が起きたんですか？」

「リスベットは床を見下ろして、こう言ったんだ。『大丈夫ですよ、わたしのほうが一歩先を行ってれば』」

「どういう意味だろう？」

「私も疑問に思った。そうして頭に浮かんだのが、あの子が父親にしたことだった」

「というと？」

「あのとき、リスベットは自ら攻撃することで自分の身を守った。今回もそういう計画を立てているにちがいない、と私は感じた。先に攻撃を仕掛けようとしているんだ。ミカエル、私は怖くなって、彼女の目を見た。すると、息子の結婚相手にと望まれそうな恰好など、何の役にも立っていなかった。凶暴そのものに見えた。恐ろしく険のある目をしていた」

「それは誇張だと思いますよ。リスベットは無駄に危険を冒すことはしない。合理的に考える人です」

「確かに合理的ではある。だがそれは、あの子なりの、常軌を逸した合理性だ」

ミカエルは〈風車（クヴァーネン）〉でリスベットが言ったことを思い出した。猫になる、ネズミじゃなくて、と彼女は言った。

「そのあとはどうなったんですか?」

「どうもならなかったよ。リスベットはそのまま行ってしまって、以来何の音沙汰もない。私は、スヴァーヴェルシェー・オートバイクラブの拠点が爆破されたとか、あの子の妹がモスクワで車もろとも燃やされたとか、そんな記事をいつ読むことになるかとやきもきしていた」

「カミラにはロシア・マフィアの後ろ盾があります。リスベットが彼らを相手に戦争を始めることはありえない」

「本当にそう思うかね?」

「わかりません。でも、彼女は絶対に……」

「絶対に?」

「いや、何でもありません」とミカエルは言い、唇を噛んだ。自分の考えは甘い、愚かだ、という気がした。

「この件は、すべて終わるまで終わらないだろう、ミカエル。私はそう感じた。リスベットもカミラも、どちらかが死んで倒れるまではけっして屈しない」

「それは考えすぎですよ」

「そう思うかね?」

「そう願っています」とミカエルは答え、ワインをさらに飲んでから、失礼を詫びてしばし席を立った。

電話を出し、リスベットにメッセージを送った。

驚いたことに、すぐに返事が来た。

[落ち着きなさい、ブルムクヴィスト]とある。[いまは休暇中。面倒は避けてる。馬鹿なことはしない]

休暇中、というのは誇張だったかもしれない。だが、リスベットの知っている楽しみは、すべて苦痛と関係がある。苦痛がやわらぐこと。ホテル・ダングルテールのバーで、ビールを一気に飲み干した彼女は、まさにそういう感覚を覚えていた。安堵。肩の荷がふっと下りて、自分がこの夏ずっと、どんな緊張状態で過ごしていたか、ようやく自分でわかった気がした。妹を追いかけることに取り憑かれ、狂気すれすれのところまで追い込まれていたのだ。もちろん、いまも完全にリラックスしているわけではないし、子どものころの記憶はいまもなお頭の中をめぐっている。それでもやはり、ふっと視野が開けたような感覚があり、何かをしたいという気持ちすら生まれた。何か特別なことがしたいわけではない。ただ、すべてを忘れて遠くへ行きたい、という気持ち。それだけで、解放感を覚えるには充分だった。

「大丈夫？」

バーのざわめきが聞こえ、同じ問いかけがまた耳に入る。振り返ると、すぐそばに若い女が立っていて、こちらと目を合わせようとしていた。

「どうしてそんなこと訊くの？」とリスベットは言った。

女は三十歳ほどだろうか。肌が浅黒く、細く吊り上がった目をしていてエネルギッシュな印象があり、長い黒髪にはカールがかかっている。ジーンズに紺のブラウス、ハイヒールブーツという姿だった。どこか硬く、それでいて何かを懇願しているようにも見える。右腕に包帯が巻かれていた。

「どうしてだろう」と女は言った。「挨拶代わりみたいなものだと思うけど」

「そうかもね」

「でも、あなた、ひどい顔してたから」

リスベットはいままでに、似たような言葉を何度も聞かされてきた。人が近づいてきて、機嫌が悪そうだ、怒っているみたいだ、あるいは今回のように〝ひどい顔してる〟などと言ってくる。そのたびに腹が立ってしかたがなかった。が、今回はどういうわけかすっと納得し、こう答えた。

「まあ、実際ひどかったから」

「いまはましになった？」

「ましになったっていうか、変わった」

「わたし、パウリーナ。わたしもいま、けっこういろいろめちゃくちゃなんだ」


パウリーナ・ミュラーは、相手の若い女も自己紹介してくれるものと思っていた。だが、女は何も言わなかった。うなずきもしなかった。とはいえ、こちらを突っぱねることもなかった。パウリーナが彼女に気づいたのは、その歩き方のせいだ。まわりの世界などどうでもいい、他人のために自分を曲げることはけっしてしない、そんな歩き方で、奇妙なほどに惹きつけられた。自分もかつて、トーマスに歩みを奪われる前は、そんなふうに歩いていたのかもしれない、という気がした。

彼女の人生は、自分でも気づかないほどにゆっくりと、徐々に壊されていった。コペンハーゲンに移り住んで初めて、その破壊の規模に気づいたわけだが、この女の姿を見て、その実感はさらに深まった。彼女のそばに立っているだけで、自分は自由でないと感じる。女が放っている、完全なる自立のオーラに、パウリーナは吸い寄せられていった。

「コペンハーゲンに住んでるの？」と尋ねてみる。

「ううん」と女は答えた。

「わたしたち、ミュンヘンから引っ越してきたばかり。夫がアングラーのスカンジナビア担当チーフになったから。医薬品の会社なんだけど」とパウリーナは続けた。ずいぶんきちんとしたことを言っている気がした。

「ふうん」

「でも今夜、夫から逃げてきた」

「へえ」と女は言った。

「わたし、『GEO』っていう雑誌の記者だったの。知ってるかな、科学雑誌。でも引っ越しが決まって、仕事を辞めたの」

「ふうん」

「医学とか生物学について書くことが多くてね」

「へえ」

「すごく好きな仕事だった」とパウリーナは言った。「でも、夫がさっき言った仕事を受けたから、しかたなかった。それからはフリーでちょっと仕事をしたけど」

パウリーナは訊かれてもいない質問に答えつづけ、女は「ふうん」「へえ」と相槌を打っていたが、やがて何を飲むかと尋ねてきた。何でもいいと答えると、ウィスキー——タラモア・デューのオンザロックを、微笑みとともに渡された。少なくとも、微笑みらしきものがちらりと見えはした。女はクリーニングに出してアイロンをかけたほうがよさそうな黒いスーツに、白いシャツを着ていて、化粧はまったくしておらず、目の下には隈がで きていて、長いあいだろくに眠っていないような顔をしていた。暗く不穏なエネルギーが目にみなぎっている。パウリーナはジョークを言い、笑い声を上げてみた。

まったく受けなかった。ただ、女の立つ位置が少し近くなって、パウリーナはそのことを喜んでいる自分に気づいた。だからだろうか、落ち着かない気分になり、外の道路に目をやった。トーマスが来るのではないかと怖くなったのかもしれない。すると、女がそれを見て、このあとは自分の部屋で飲まないか、と提案してきた。

パウリーナは断わった。それはだめ、とんでもない、絶対にありえない。「夫に本気で怒られるわ」それからふたりはキスを交わし、部屋に上がってベッドに入った。こんなにも激しい怒り、激しい欲望を、同時に感じさせられた経験は、記憶にあるかぎり生まれて初めてだった。終わったあと、彼女はトーマスの話をし、家で起きた悲劇のすべてを語った。すると女は人を殺せそうな表情になった。だが、殺したい相手がトーマスなのか、それとも全世界なのか、パウリーナには判断がつかなかった。

第八章

八月二十日

その週、ミカエルは編集部に行かず、トロール工場についての記事の見直しすらしなかった。自宅の掃除をし、ジョギングをし、エリザベス・ストラウトの小説を二冊読み、妹のアニカ・ジャンニーニと夕食をともにした。彼女がリスベットの弁護士だから、というのがおもな理由だが、アニカもほとんど何も知らなかった。ただ、リスベットが連絡してきて、家庭問題を専門とするドイツの弁護士を推薦してほしいと言ってきた、という話だった。

あとはただ漫然と時を過ごしているだけだった。何時間も寝そべったまま、旧友で仕事仲間でもあるエリカ・ベルジェと、彼女の離婚協議の進み具合について電話で話すこともあった。おかしな話だが、何やら爽快(そうかい)な気分になったことは事実だ。まるでティーンエイジャーに戻って恋愛の悩みを延々と打ち明け合っているような感じだった。とはいえ、もちろんエリカにとっては、精神的に負担の大きい道のりでもある。木曜日にはまったく違った口調で電話してきて仕事の話を始め、そのまま喧嘩になった。エリカは悪態をつき、彼のことを見栄っ張りと言った。

「見栄の問題じゃないよ、リッキー」とミカエルは言った。「もうへとへとなんだ。休暇が要る」

「ルポはほぼできあがったって言ってたじゃない。それなら送ってよ。こっちで直すから」

「もうさんざん報じられたネタばっかりだ」

「そんなわけないでしょう」

「残念ながら事実だよ。『ワシントン・ポスト』紙の調査記事、読んだかい？」

「読んでないけど」

「あらゆる点でぼくの負けだ」

「そんなに真新しい情報ばかりじゃなくてもいいのよ、ミカエル。あなたの視点が入るだけでも価値はある。ずっと報道をリードする立場にいることはできないの。そんな立場をめざすのは、むしろ歪んでると言ってもいい」

「でも、記事自体もよくないんだ。文章がくたびれてる。掲載はやめよう」

「やめないわよ、ミカエル。でも、まあ……一号先延ばしにしてもいいかもしれない。それでも次号はなんとか出せそうだし」

「きみなら出せるだろうな」

「代わりに何するつもり？」

「サンドハムンに行く」

ふたりが交わした史上最高のやりとりとは言いがたい。それでもミカエルは肩の荷が下りた気がした。寝室のクローゼットから旅行鞄を出し、荷造りを始めた。作業はなかなか進まなかった。出発したいとも思っていないのかもしれない。ときおりまたリスベットのことが頭に浮かんだ。ずっと彼女のことばかり考えているような気がして、結局ミカエルはひとり声に出して悪態をついた。どうにも逃れようがないではないか。馬鹿なことはしないと約束されたところで、心配せずにはいられない。たぶん、怒りの感情もある。彼女が自分の殻に閉じこもってばかりで、はっきりしたことを言ってこないのが腹立たしい。どんな危険にさらされているのか、監視カメラの件はどうしたのか、もっと聞かせてほしい。それから、カミラのこと、スヴァーヴェルシェー・オートバイクラブのことも。

あらゆることを知り、考えたいのだ。何かの役に立てないかどうか。ミカエルはまた、リスベットが〈風車〉で言ったことを思い返し、夜のメドボリアル広場へ消えていった彼女の足取りを思い出した。そして荷造りを中断し、キッチンに行って、液体状のヨーグルトをパックから直接飲んだ。そのとき、携帯電話が鳴った。知らない番号だ。まあ、休暇に入ったのだから、出てもかまわないだろう。少しは嬉しそうな声を出してやってもいい。〝これはどうも、またがなり声が聞けて嬉しいですよ〟とでも言ってやろうか。

ストックホルム郊外、トロングスンドの自宅に帰り着いた法医学者フレドリカ・ニーマンは、十代の娘ふたりが居間のソファーで携帯電話に没頭しているのを発見した。もはや驚きはない。窓の外に湖がまだあるのと同じぐらい自然なことだ。娘たちは、ＹｏｕＴｕｂｅだか何だか知らないが、とにかく画面を見ることに自由時間のすべてを費やしている。電話を置きなさい、と怒鳴ってやりたい。本を読むとかピアノを弾くとかしたらどうなの、バスケットボールの練習をさぼるのもいいかげんにしなさい、少なくとも太陽の下に出なさい、と。

だが、そんな気力はなかった。今日はまったく救いようのない一日で、しかもついさっき、警察のろくでもない馬鹿と話をしたばかりだ。ろくでもない馬鹿の例に漏れず、その男も自分は頭脳明晰だと思い込んでいた。調べましたよ、と言っていたが、おおかたウィキペディアを一読して仏教の専門家になったという意味だろう。〝悟りを開いた気分にでもなってたんじゃないですか、そのぼんくら〟と彼は言った。あまりにも不謹慎かつ愚かそのもので、返事をする気にもなれなかった。そしていま、娘たちの座っている、テレビに面したグレーのソファーに腰を下ろしたフレドリカは、どちらかが〝おかえり〟と言ってくれることを願った。どちらも言ってはくれなかった。だが、何を見ているのかとフレドリカが訊くと、少なくともヨセフィンは返事をした。

「べつに」

いい。べつに。

素晴らしく明快な返答に、フレドリカはわめきだしたくなった。立ち上がってキッチンに行くと、流し台とキッチンテーブルを拭き、私だって負けてはいないとばかりに、携帯電話でFacebookをチェックした。そうして長いこと、ここではないどこかを夢見てネットサーフィンを続け、いつのまにかギリシャ旅行についてのサイトに没頭していた。だが、そうしているうちに、まったく関係のないことが頭に浮かんだ。サイトに掲載されていた、海岸のカフェにいる皺だらけの老人の写真が、連想の源だったかもしれない。またミカエル・ブルムクヴィストのことを考えはじめた。もう一度電話するのは気が進まなかった。立派なジャーナリストを困らせるやかましい女という役まわりは御免こうむりたい。それでも、彼女の考えていることに興味を示してくれそうな相手は彼しか思いつかず、しかたなく番号を押した。

「ああ、もしもし」とミカエルは言った。「電話をくださってよかった！」

あまりにも嬉しそうな声だったので、フレドリカは、今日いちばんの出来事はこれかもしれない、ととっさに思った。いったいどんな一日だったか、それでわかろうというものだ。

「ちょっと考えたことがあって……」と彼女は言った。

「あのですね」ミカエルが彼女をさえぎった。「思い出したんですよ。あなたのおっしゃっていた男、見かけたことがあります。少なくとも、その人にちがいありません」

「そうですか」

「何もかもが一致します。ダウンジャケット、頬の一部が黒く変色していたこと、指が欠けていたこと。その人と考えて間違いない」

「どこで見かけたんですか？」

「マリアトリエット広場です。まったく、おかしなことですよ」とミカエルは続けた。

「忘れてしまうなんて。自分でも信じられない。まあとにかく、彼は広場の銅像のそばに段ボールを敷いて、じっと動かずに座っていました。十回か、二十回はそばを通り過ぎたことがあると思います」

　フレドリカは彼の熱意に引き込まれていった。

「それはうかがえてよかったです。どんな印象でした？」

「それがですね……何と言ったらいいのかな」とミカエルは答えた。「あまり注意して見ていなかったんですよね。でも、ぼろぼろでありながら誇らしげだったという記憶があります。あなたも遺体について、似たようなことをおっしゃっていましたね。背筋をぴんと伸ばして、堂々と顔を上げて座っていました。映画に出てくるネイティブアメリカンの族長のようでした。何時間もあんなふうに座っていられるなんて信じられない」

「お酒や薬で酩酊状態にあるようには見えましたか？」

「それは何とも言えません」とミカエルは答えた。「酔っていたのかもしれない。ですが、もし泥酔していたとしたら、長いこと背筋を伸ばして座っているのは無理でしょう。どうしてですか？」

「今朝、ふるい分け検査の結果が返ってきたんです。大腿部血液試料一グラムあたり、二・五マイクログラムのゾピクロンが見つかりました。これはとても高い濃度です」

「ゾピクロンというのは？」

「イモヴァン（日本での商品名はアモバン）など、一部の睡眠薬に含まれている物質です。おそらく、お酒と混ぜて二十錠は摂取しただろうと思います。加えて、オピオイド鎮痛薬であるデキストロプロポキシフェンも摂(と)ったと思われます」

「警察は何と言っているんですか？」

「薬の過剰摂取か、自殺だろう、と」

「根拠は？」

　フレドリカは、ふん、と鼻を鳴らした。

「そう考えるのがいちばん楽だからじゃないですか。担当の刑事さんは仕事をしたがっていないように聞こえました」

「名前は？」

「刑事さんのですか？」

「ええ」

「ハンス・ファステという人です」

「ああ、よりにもよって」とミカエルは声を上げた。

「ご存じなんですか？」

　ハンス・ファステのことなら、ミカエルはいやというほど知っている。ファステはかつて、リスベットがレズビアンの悪魔崇拝ハードロック集団に所属している、と考えた人物だ。そして、昔ながらの女性蔑視と見知らぬものへの恐怖以外には何の根拠もなく、彼女を殺人事件の被疑者として扱った。ブブランスキーはよく、ファステは警察がこれまでに犯してきた罪への罰だよ、と言っている。

「ええ、残念ながら」とミカエルは答えた。

「亡くなった方のことをぼんくらと呼んでいました」

「それはいかにも彼らしい」

「検査の結果を聞くやいなや、ぼんくらがクスリで舞い上がってやりすぎちまったわけですね、ですって」

「でも、あなたはそうは思っていらっしゃらない」

「過剰摂取が死因と考えるのがいちばん合理的だとは思います。ですが、ゾピクロンだったというのが引っかかります。もちろん、ゾピクロンの依存症になる可能性がないわけではありませんが、依存症を引き起こす薬としてはベンゾジアゼピン系の薬のほうがふつうです。でも、私がそう伝えて、なおかつ亡くなった男は仏教徒だったと思うと言ったら、たちまちおかしなことになって」

「というと?」

「数時間後に、ファステさんが調べものをしたと言って電話してきました。調べものというのはつまり、ウィキペディアで自殺について読んだということでした。どうやらそこに、こう書いてあるようなんです──非凡な悟りの境地に達した仏教徒には、自ら命を絶つ権利がある、と。ファステさんはこれが気に入ったらしく、きっと木の下に座って悟りを開いた気分にでもなっていたんだろう、と」

「ひどいな」

「でしょう。私も頭にきました。でも追及はしませんでした。言い争う気力がなくて。今日はとても無理でした。でも、そのあと帰宅して、いらいらを抱えているうちに、気づいたんです。どう考えてもつじつまが合わないと」

「どうしてですか？」

「遺体の様子を思い返してみたんです。あれほど試練にさらされた跡のある遺体を見たのは初めてでした。彼のすべて──ちょっとした腱も、筋肉も、そのすべてが、彼の人生が厳しい闘いであったことを物語っていたんです。私は心理学が専門でも何でもありませんから、たわごとにしか聞こえないかもしれませんが、そんな人が急に頑張るのをやめて錠剤をぽんぽん飲むようになるなんて、とても思えません。誰かに殺された可能性は捨てきれないと思います」

ミカエルはぎくりとした。

「いまのお話は当然、警察にも伝えなければなりませんよ。ハンス・ファステ以外の刑事も捜査に加わるようにしてもらわなければ」

「ええ、伝えるつもりです。でも、あなたにもお話ししておきたくて。警察が手を抜いた場合にそなえて」

「それはありがたい」とミカエルは言いつつ、ソフィーから聞いたカトリン・リンドースの話を思い出した。

ぴしりとアイロンのかかった彼女のスーツ、彼女のジャケットについたというしみ、彼女が生まれ育ったというヒッピー共同体に思いを馳せ、彼女のことも警察に伝えたほうがいいのだろうかと考えた。何か警察に提供できる情報を持っていないともかぎらない。とはいえ、いまのところはハンス・ファステの目がカトリン・リンドースに向かないようにしてやったほうがいいだろう、という結論に達し、代わりにこう尋ねた。

「で、その男の身元はまだわからないんですね？」

「ええ、どのデータベースにも一致するデータがありません。そういう人相の人が行方不明だという届けも出ていません。まあ、期待もしていませんでしたが。いまあるのは、ちょうど今日ＮＦＣから送られてきたＤＮＡシークエンスです。けれど、まだ常染色体の分析しかしていません。ミトコンドリアDNAやY染色体の分析も頼むつもりです。そうしたら何かわかるのではないかと」

「あるいは、彼のことを覚えている人が、ほかにもたくさんいるはずですよね」とミカエルは言った。

「とおっしゃると？」

「目立つ人でしたからね。ぼくが忘れていたのは、単にこの夏あまりにも自分の殻に閉じこもっていたからで、ほかの人たちは彼に目をとめていたようなんです。警察はマリアトリエット広場周辺で聞き込みをするべきだと思います」

「そう伝えます」

ミカエルは少しエネルギーが湧いてきた気がした。

「それと、もうひとつ」

「何でしょう」

「彼がその錠剤を飲んだにしても、医師が処方したとは考えにくいですよね」とミカエルは続けた。「精神科に予約を取って行くような人には見えなかったし、そういう薬の闇市場があるのはずっと前から知っています。警察なら、そういう界隈（かいわい）にも情報提供者がいるんじゃないでしょうか」

フレドリカ・ニーマンは一、二秒黙っていた。

「ああ、なんてこと」

「はい?」

「なんて馬鹿だったのかしら、私」

「そうは思えませんが」

「馬鹿でした。でも、とにかく……あの人のことを覚えていてくださって、本当によかった。私にとっては意味のあることです」

ミカエルは荷造り途中の鞄を見やり、サンドハムンに行く気が失せていくのを感じた。

ミカエル・ブルムクヴィストが何かやさしい言葉をかけてくれたようだが、フレドリカ・ニーマンにはよく聞こえていなかった。電話を切る。アマンダが目の前に立って、夕食は何かと訊いてきたが、ろくに耳を傾けていなかったし、さっきはぶっきらぼうにしてごめんなさいと謝ってきた可能性もあるが、いずれにせよフレドリカの耳には入っていなかった。彼女はただ、どこかで買ってきなさい、とつぶやいた。

「買ってきなさいって、何を」と娘たちが言う。

「何でも」とフレドリカは答えた。「ピザでも、インド料理でも、タイ料理でも、ポテトチップスでも、リコリスのキャンディーでも、好きにしなさい」

頭がおかしくなったのか、という目で娘たちに見つめられたが、どうでもよかった。そのまま仕事部屋に入ってドアを閉めると、法化学部門にメールを書き、ただちに毛髪セグメント分析を行なってほしいと頼んだ。とっくにそうしておくべきだったのだ。

毛髪セグメント分析を行なえば、死亡時の体内にあったゾピクロンやデキストロプロポキシフェンの量がわかるだけではない。数カ月前からの濃度を週単位で突きとめることができる。つまり、男が長期間にわたって薬を常用していたのか、それとも一度きりだったのかがわかるのだ。それがこの件を解く鍵となる可能性は高い。そう気づいたことで、フレドリカは娘たちのことも、腰の痛みも睡眠不足も、何もかもが無意味だという感覚も、すべて忘れた。いったいどういうことなのか、自分でもよくわからない。不審死を遂げた遺体を調べているのはいつものことで、熱中して取り組むことなど、もうめったにない。

だが、この男の姿に彼女はすっかり魅了されていた。何かドラマチックなことが起きたのではないかと期待すら覚えた。彼のぼろぼろに傷ついた体には、それだけの価値がある気がした。そのまま何時間も机に向かい、遺体の写真を見つめていた。見ているうちに、それまでは気づかなかった細部にいくつも気づき、彼女は頭の中でこう繰り返した――

〝ねえ、いったいどんな目に遭ったの？

　どんな地獄を旅してきたの？〟

　ミカエルはパソコンに向かい、グーグルでカトリン・リンドースの名を検索した。リンドースは三十七歳、ストックホルム大学で政治学と経済学の修士号を取得、現在は保守派の評論家・ライターとしての地位を確立している。運営しているポッドキャストが人気を博しているほか、『スヴェンスカ・ダーグブラーデット』紙や『アクセス』誌、『フォークス』誌、ジャーナリスト組合の機関誌『シュルナリステン』などにコラムを寄稿している。

　物乞いを法律で禁じるべきだと考え、人々が生活保護や各種手当に頼ることのリスクや、スウェーデンの学校の問題点について、頻繁に口にしている。王室の存続、国防の強化、核家族の保護に賛成の立場だが、彼女自身には家族がないようだ。自分はフェミニストだと言っているが、ちょくちょくフェミニストの反発を買っている。インターネット上では右からも左からも激しくたたかれていて、掲示板サイト〈フラッシュバック〉に立った彼女についてのスレッドは恐ろしいほど長い。「人には努力を求めなければなりません」というのが彼女の口癖だ。「努力を求められ、義務を果たすことによって、人は成長するのです」

あやふやで非科学的なことが嫌いだ、と彼女は書いている。迷信や宗教も嫌いらしいが、後者についてはわりあい慎重な態度だ。『スヴェンスカ・ダーグブラーデット』紙で、彼女は建設的ジャーナリズム――社会の問題点だけでなく解決策も報じようとする姿勢――について記事を書き、その中で「ミカエル・ブルムクヴィストはポピュリストに対抗したいと言っているが、社会の暗部ばかりを報じて彼らに燃料を与えていることも事実だ」とした。

若い世代の記者たちが彼を範としているのは憂慮すべきことだ、ブルムクヴィストは人をすぐ犠牲者扱いする傾向がある、ほぼ自動的に財界反対の立場を取る、問題点ばかり探すのではなく、もっと解決策に目を向けるべきだ、等々。まあ、彼女の言いそうなことだ、とミカエルは思っている。

もっとひどいことを言われた経験はあるし、ひょっとすると彼女の意見にも一理あるかもしれないとすら思う。その一方で、ミカエルはばかばかしいと思いながらも、リンドースのことをどこか恐ろしく感じていた。ひと目で何もかも見透かされそうな気がするのだ。皿洗いやシャワーをさぼっていること、ズボンのボタンをろくに留めていないこと、ヨーグルトをパックから直接飲んでいること、会ったら全部見抜かれるのではないか。手厳しい視線だ。その冷ややかさは、彼女の個性の一部であり、それでストイックな美しさがますます引き立てられてもいる。

恐ろしいと思いながらも、リンドースのこと、物乞いのこと、相容れないふたりの邂逅のことが、どうしても頭から離れない。氷の女王と、ぼろをまとった物乞いか。結局ミカエルは彼女の電話番号を調べ、電話をかけた。応答はなかった。まあ、それでよかったのだろう。たいした用ではない。そもそもこの件自体、自分が調べる義理はないわけで、遅くならないうちにさっさとサンドハムンに出発したほうがいい。ミカエルはクローゼットからシャツを何着か選び出し、セーグラルホテルに繰り出す場合にそなえてジャケットも一着出した。そのとき、電話が鳴った。カトリン・リンドースからで、容貌どおりの厳しい口調だった。

「ご用件は?」と言うので、ミカエルは彼女のコラムを褒めるか何かして相手をなだめようかとも考えた。

だが、まったく気乗りしなかったので、お邪魔ではないだろうかと尋ねるにとどめた。

「いまは忙しいです」とカトリン・リンドースは言った。

「そうですか、じゃあまたあとで」

「あとでお話しするかどうか決める前に、用件を教えてください」

あなたをたたく論説記事を書いてるんですよ、とミカエルは言ってやりたくなった。

「ソフィー・メルケルに聞いたんですが、しばらく前に、大きなダウンジャケットを着たホームレスの男とひと悶着あったそうですね」

「悶着はよくあることです」と彼女は言った。「仕事の一部ですから」

おいおい、落ち着いてくれよ、とミカエルは思った。

「その男に何を言われたか教えていただきたいんですが」

「支離滅裂なでたらめでした」

ミカエルはもう一度、インターネットで公開されているカトリンの写真を見てから、尋ねた。

「まだ仕事中ですか?」

「どうしてですか?」

「ちょっとお邪魔して、直接話せたらと思ったんですが。メステル・ミカエル通りですよね、仕事場」

どうしてそんなことを言ったのか、自分でもよくわからない。が、何を訊き出すにせよ、電話では無理だと思った。まるで回線に有刺鉄線がついているようだ。

「わかりました、ちょっとだけなら」と彼女は言った。「一時間後に」

プラハの共和国広場にあるホテルの外から、ガタガタと走る路面電車の音が聞こえてくる。リスベットは、ファラデーケージ（電磁波を遮蔽する障壁）で囲んだパソコンの前にまたもや張りつき、またもや酒を飲みすぎている。それで少しはいろいろなことを忘れ、解放感を味わえたのは事実だ。だが、その解放感は、アルコールかセックスの助けを借りなければ味わえない。終わるやいなや、激しい怒りと無力感が戻ってくる。

いま彼女をとらえているのは、一種の狂気だ。過去がまるで遠心分離機にかけられたように頭の中をまわっている。こんなふうでは生きていけない、と彼女はしばしば考えた。このままではだめだ。ひたすら待ち、廊下や通りの足音に耳をそばだて、逃げるばかりではなく、自ら行動を起こさなければ。そう考えて、なんとか主導権を取り戻そうとしたが、何ひとつスムーズにはいかなかった。

プレイグが推薦してくれたハンドル名〝カーチャ・フリップ〟は、天賦の才に恵まれた命知らずの凄腕だという話だった。が、しばらくはそんな話もただのでたらめだったとしか思えなかった。カーチャは報酬額を吊り上げるばかりで、マフィアのあの一派には誰も逆らえない、と言ってきた。いまはイヴァン・ガリノフがかかわっているらしいからなおさらだ、と。

そうしてガリノフについて耳にたこができるほど聞かされた。クズネツォフについてもそれは同様で、彼が復讐を計画しているという話もあった。ダークウェブで延々とそんな話をしたあげく、ようやくリスベットはカーチャを説き伏せ、リュブリョフカのカミラ邸から百メートル離れたシャクナゲの植え込みに、ＩＭＳＩキャッチャーを仕掛けてもらうことができた。そこからさらに仕事を進め、邸内のモバイル通信から、携帯電話追跡のための番号、いわゆるＩＭＥＩをキャッチすることもできた。悪くない成果ではある。が、だからといって成功が保証されたわけではないし、体内でどくどくと激しく脈打つ過去から逃れられるわけでもなかった。リスベットはほとんどの時間を、いまのように座って過ごしている。ジャンクフードを食べ、ミニバーのウィスキーやウォッカを空け、ハッキングした衛星を通じてカミラの邸宅をじっと見下ろしているだけだ。

それだけでも狂気と呼ぶには充分だった。トレーニングをする気にもなれなければ、部屋の外に出る気力すらほとんどなく、ノックの音が聞こえてようやく腰を上げると、パウリーナを室内に招き入れた。パウリーナは何やらとめどなくしゃべっていたが、リスベットには何も聞こえていなかった。パウリーナがこう叫ぶまでは。

「何があったの？」

「べつに何も」

「だって、あなた……」

「ひどい顔してる」とリスベットは続けた。

「そんな感じ。わたしにできること、何かある？」

わたしから離れなさい、とリスベットは頭の中で言った。わたしから離れて。だが、代わりにベッドに向かい、横になって、パウリーナはあえてこの隣に寝そべろうという気になれるだろうか、と考えた。


ミカエルはカトリン・リンドースと握手を交わした。彼女はしっかりと手を握ってきたが、こちらと目を合わせようとはしなかった。スカートに水色のジャケット、タータンチェックのショールという姿で、白いブラウスは襟元(えりもと)までボタンが留まっており、足元は黒いハイヒールだ。髪は高い位置でシニヨンにまとめてあり、体の線を強調するタイトな服を着ているにもかかわらず、昔ながらの英国の学校教師のように近寄りがたく見えた。オフィスに残っているのはどうやら彼女だけらしい。机の上の掲示板には、彼女が国際通貨基金のクリスティーヌ・ラガルド専務理事と壇上で議論している写真が貼ってある。まるで母娘のようだった。

「すごいですね」とミカエルは言い、写真を指さした。

カトリン・リンドースはそれに対しては何も言わなかった。彼女の机の後ろに置いてあるソファーをミカエルに勧め、自分はその向かいの肘掛け椅子に腰を下ろすと、脚を組んでぴんと背筋を伸ばした。ミカエルは、謁見したがる臣民をしぶしぶ招き入れた女王だな、という馬鹿げた感想を抱いた。

「貴重な時間をありがとうございます」と彼は言った。

「お礼には及びません」

リンドースは疑わしげな目でこちらを観察している。ミカエルは、どうしてぼくのことがそんなに嫌いなんだ、と尋ねたくなった。

「あなたのことを書くつもりはありません。だから肩の力を抜いてください」

「べつに、お好きに書いてくださってかまいません」

「そうですか、覚えておきます」

ミカエルは笑みをうかべてみせた。リンドースは微笑み返さなかった。

「実はね、いま休暇中なんですよ」とミカエルは続けた。

「それはいいですね」

「ええ、本当に」

ふと、わけもなく彼女を挑発したくてたまらなくなった。

「そんなわけで、例の物乞いに興味を持ちましてね。何日か前に遺体となって発見されたんですが、ポケットにぼくの電話番号が入っていたそうで」

「そうですか」とリンドースは答えた。

頼むよ、会ったことのある人が亡くなったんだぞ、反応しろよ、とミカエルは思った。

「きっと何か、ぼくに話したいことがあったんでしょう。というわけで、彼があなたに何を言ったのか知りたいんです」

「たいしたことは言っていませんでした。木の枝を振りまわして叫ぶばかりで、怖くてしかたがありませんでした」

「何と叫んでいたんですか？」

「よくあるたわごとです」

「よくあるたわごととは？」

「ヨハネス・フォシェルはあらゆる面で悪党だ、と」

「そう叫んでいたんですか？」

「少なくとも、大声でフォシェルについて何かわめいていたのは確かです。ですが、わたしは正直なところ、身をふりほどくことのほうに集中していました。腕を引っぱられたりして、暴力的で、とても不愉快だったので。そんなわけで、立ち止まって馬鹿げた陰謀論におとなしく耳を傾けることはしませんでした。申しわけありませんが」

「なるほど。それはよくわかりますよ」とミカエルは答えた。がっかりせずにはいられなかった。

国防大臣に対する誹謗(ひぼう)中傷は、もううんざりするほど耳にしている。トロール連中が好む話題のひとつで、その内容は日に日にエスカレートする一方だ。フォシェルの経営するピザ店が小児性愛者の拠点になっている、などと言われはじめるのも時間の問題のように思われる。彼が一貫して極右思想や外国人排斥主義を批判していること、攻撃性を増すロシアの政治に不安を表明していることなどが原因だろうが、彼の人となりも少しは関係しているのかもしれない。フォシェルは金持ちで、高い教育を受けているうえ、鍛え抜かれた体の持ち主でもある。マラソンランナーであり、ドーヴァー海峡を泳いで渡ったこともあるのだ。少し他人を見下しているように聞こえることもままある。それが頭にくると感じる人もいるだろう。

だが、ミカエルは彼のことを気に入っている。サンドハムンでときおり偶然顔を合わせ、挨拶(あいさつ)を交わす仲だ。フォシェルがあの株価暴落で大金を稼(かせ)いだ、それどころか自らあの暴落を引き起こした、などという執拗(しつよう)な噂についても、しかたなく調査をしたが、根拠はひとつも見つからなかった。フォシェルの資産は管理会社に一任されていて、暴落の前にも最中にも取引はいっさい行なわれておらず、株価の下落によって彼の資産が増したということもなかった。フォシェルは現在、閣僚の中で誰よりも嫌われている人物で、彼が実行できた政策はというと、軍情報局および民間防衛・危機管理庁(MSB)への予算を増やしたことぐらいだ。もっとも、これまでに起きたことを考えれば、ごく当然の措置ではある。

「次から次へと嘘ばかり吐き出されて、もう耐えられません」とカトリン・リンドースは言った。

「それはぼくも耐えがたいと思っていますよ」とミカエルは答えた。

「そうですか、そこだけは意見が合いそうですね」

その言葉にミカエルは苛立(いらだ)った。

「木の枝を振りまわしてわめく男が相手では、ろくに話ができないのは理解できます」と彼は言った。

「寛大なお言葉ですね」

「しかし、馬鹿げているように思われる言葉にも、ときには耳を傾ける価値がある。そこに真実のかけらが含まれていることもある」

「今度はジャーナリストとしてのアドバイスですか？」

彼女の口調に、ミカエルは腹が立ってしかたがなく、一喝してやりたいという気持ちが強くなってきた。

「それに、言わせてもらうと」と彼は続けた。「誰にも信じてもらえないせいで正気を失う、ということもあると思いますよ。それで、すっかり精神を病んでしまう」

「何ですって？」

「何年も無視されつづけたら、人は壊れてしまうものです」

「わたしのように、耳を傾けようとしなかった人々のせいで、その人は精神を病んでホームレスになった、とおっしゃるんですか？」

「そういう意味ではありません」

「そう聞こえました」

「だとしたら謝ります」

「どうも」

「あなたもつらい思いをしてこられたと聞きました」とミカエルは言ってみた。

「それに何の関係が？」

「いや、べつに関係はないんでしょうが」

「もういいですね。来てくださってありがとうございました」とカトリン・リンドースは言った。

「まったく」ミカエルはつぶやいた。「どうしてそんなに喧嘩腰(けんかごし)なんだ？」

「わたしが喧嘩腰だとおっしゃるんですか？」とカトリン・リンドースは言い、立ち上がった。それからの数秒間、ふたりは怒りの目で互いをにらみつけていた。

まるで決闘だ、という馬鹿げた思いがミカエルの頭に浮かんだ。リングに立たされたボクサーのようだ。気がつけば距離がひどく近い。彼女の息遣いが感じられるし、その瞳がぎらぎら燃えているのが見える。彼女がぐっと胸を張り、かすかに首をかしげた瞬間、ミカエルは彼女にキスをした。何と馬鹿なことを、釈明の余地もない、と一瞬思ったが、カトリン・リンドースは彼のキスに応えてきた。それからの数秒間、ふたりともいったい何が起きたのかわからないというように、驚愕の表情で互いを見つめていた。

直後、カトリン・リンドースがミカエルの首の後ろをつかんで引き寄せた。あっという間に箍がはずれ、ふたりはソファーに沈み、やがて床に倒れた。そんな狂気のただ中で、ミカエルは自分で気づいた――インターネットで彼女の写真を見た瞬間からずっと、彼女を自分のものにしたいと思っていたのだ、と。

第九章

八月二十四日

フレドリカ・ニーマンは法医学局のラボにいて、娘たちのことを考えている。いったいどこをどう間違ったのだろう?

「わからない」と彼女は同僚のマティアス・ホルムストレムにこぼした。

「何がわからないんだ、フレドリカ?」

「どうしてヨセフィンとアマンダにこんなに腹が立つのか。もう爆発しそう」

「腹が立つって、どんなことに?」

「ふたりとも横柄(おうへい)すぎる。挨拶(あいさつ)もしないのよ」

「おいおいフレドリカ、娘さんたち、いま思春期だろ。自然なことだよ。自分がそのぐらいの歳だったころのこと、覚えていないのかい?」

フレドリカは覚えている。模範的な優等生だった。成績優秀で、フルートとバレーボールが得意で、合唱もやっていて、もちろん礼儀正しい振る舞いやエチケットも身につけていた。いつもにこにこして、陽気な少年兵よろしく〝はい、ママ〟〝もちろんよ、パパ〟と言っている少女だった。もちろん彼女にだって、それなりに我慢ならない面もあっただろう。だが、それにしたって……話しかけられているのに答えないなんて。

フレドリカにはまったく理解できず、しょっちゅう腹を立ててしまうのはもうどうしようもなかった。帰宅後にはいつも怒りがつのって、つい大声を上げてしまう。心底うんざりだった。眠らなければ。安らぎが要る。いますぐ睡眠薬を自分に処方したほうがいい。この際だ、麻薬とされる薬を出してしまってもいいのでは？　十代のころは文句のつけようのない優等生だったのだから、いまちょっとぐらい道を踏みはずしたっていいはずだ。せっかくだから赤ワインや鎮痛剤といっしょに飲むとしよう。フレドリカはひとり笑い声を上げた。義務感からマティアスに短い返事をすると、なんとも愛想のいい微笑みが返ってきて、フレドリカは彼のことも怒鳴りつけてやりたくなった。

それから、また例の物乞いに思いを馳せた。いま職場で意欲をもって取り組んでいるのはこの件だけだ。警察に放置されている事件であることには見て見ぬふりをして、高い優先順位をつけ、歯の放射性炭素年代測定、いわゆる炭素14法による分析を依頼した。これで、彼の年齢を誤差二年の範囲内で突きとめることができる。さらに炭素13の分析によって、歯が形成された子ども時代の食習慣がわかる。ストロンチウムと酸素の組成もはっきりさせることができるだろう。

フレドリカはさらに、常染色体DNAのシークエンスをinternationalgenome.orgのデータベースにかけて検索した。その結果、男の出身地はおそらく中央アジア南部であろうと判明した。とはいえ、それだけではたいして役に立たない。いまは毛髪セグメント分析の結果を待っている。毛髪サンプルの検査結果は、運が悪ければ何カ月も音沙汰なしということもあるので、彼女はしつこく法化学部門に連絡して催促している。そしていま、フレドリカはまた自分の秘書に電話をかけることにした。

「インゲラ。うるさいと思われている自覚はあるんだけど」

「ほかの人たちに比べたら、いつもはあなたがいちばん静かですよ。ようやく標準に追いついてきましたね」

「毛髪検査の結果は来た？」

「あの名無しさんの？」

「そう」

「ちょっと待ってくださいね、報告センターをのぞいてみます」

フレドリカは指先で机をコツコツとたたき、壁の時計を見た。午前十時二十分。なのに、もう昼食の時間を待ちわびている。

「あらまあ、びっくり」やがてイングゲラが言った。「あちらさん、やる気出しましたね。もう来てます。そちらへ持っていきますね」

「それはいいから、何て書いてあるか教えてくれない？」

「何て書いてあるか……ちょっと待ってください」

フレドリカは自分でも驚くほどに待ちきれないと感じた。

「けっこう髪が長かったんですね」とイングゲラは続けた。「三セグメントありますが……どれも陰性です。オピオイドの痕跡も、ベンゾジアゼピンの痕跡もありません」

「ということはつまり、お酒はやっていたけれど、薬物の依存症ではなかったということね」

「典型的なアルコール依存症患者、それ以外の何者でもなかったということですね。あっ、ちょっと待って……ええと……過去にアリピプラゾールを摂っていたみたいです。抗精神病薬ですよね？」

「そうよ、統合失調症の治療に使われる薬」

「それだけです、見つかったのは」

フレドリカは電話を切り、しばらくじっと座って考えをめぐらせた。あの男はつまり、しばらく前にアリピプラゾールを摂ったのを除けば、精神に影響を及ぼす薬はいっさいやっていなかったわけだ。どういうことだろう？　唇を噛み、苛立ちの目でマティアスをにらみつけると、彼はさっきと同じ、間抜けな笑みをうかべてみせた。いや、意味は明らかなのでは？　偶然にせよそうでないにせよ、とにかく大量の睡眠薬をいきなり入手し、それを喉に流し込んだ。あるいは、何者かが彼を殺そうと考え、その酒瓶に薬を混ぜ込んだ。酒とゾピクロンを混ぜるとどういう味がするのかは知らない。さして美味ではなさそうだが、想像するに、彼はあまり選り好みをしなかっただろう。だがその一方で、彼を殺そうなどと考える理由は？　それを知るすべはない。少なくとも、いまのところは。ただ、もし何者かが彼を殺したにしても、過失致死の可能性は低いだろう。これは、カッとなってつい、という類いの犯罪ではない。錠剤を酒に混ぜるにはそれなりの知識が要る。しかもオピオイド鎮痛薬、デキストロプロポキシフェンまで混ぜてあったのだ。

デ、キ、ス、ト、ロ、プ、ロ、ポ、キ、シ、フ、ェ、ン。

どうも引っかかる。疑念を抱かずにはいられない。デキストロプロポキシフェンが加わることで、やや行きすぎなほどに確実な死のカクテルができあがる。まるで薬剤師が混ぜたか、少なくとも医師に相談したうえで混ぜたかのようではないか。フレドリカはまた体内で興奮が湧き上がるのを感じ、これからどうしようかと考えた。ハンス・ファステに電話して、またもやぼんくらがどうのと聞かされる道もないではないが、その道を選ぶ気にはなれない。代わりに、自分の報告書に補足を加えてから、ミカエル・ブルムクヴィストに電話をかけた。もうさんざん秘密を漏洩しているのだ、どうせならこのまま続けてしまおう。

カトリン・リンドースは、サンドハムンにあるミカエルの別荘で、『スヴェンスカ・ダーグブラーデット』紙に載せる短い論説記事をまとめようとしている。が、いっこうに進まない。やる気が出ないし、締め切りに追われるのに疲れたし、つねに意見を主張することにもうんざりだ。要するに、ミカエル・ブルムクヴィスト以外のすべてにうんざりしている。馬鹿みたいだと自分でも思うが、どうしようもなかった。家に帰って猫や植木の世話をしなければならないのに。もう少し、自律の精神というものを見せなければならないのに。

そうは思っても身動きが取れない。まるでミカエル・ブルムクヴィストに貼りついて取れなくなってしまったかのようで、不思議なことにふたりは言い争いひとつせず、ただ愛し合ったり、何時間も話し込んだりするばかりだった。こうなったのはもちろん、彼女が大昔にミカエル・ブルムクヴィストに淡い恋をしていたせいかもしれない——あの当時、若い女性ジャーナリストはみんなそうだった。だが実際は、驚愕がまだ続いているせいだろう、とカトリンは思っている。まったく予想していなかった展開の力だ。ミカエル・ブルムクヴィストには軽蔑されていると思っていた。自分を問いつめに来たにちがいないと思ったから、尊大な態度をとって身を守ろうとした。彼女が追いつめられたときの、いつもの反応だ。とにかくオフィスから追い出そうと躍起になっていたところで、彼の瞳にまったく別の表情がうかんでいることに気づいた。ある種の飢餓感。飢えた修道僧のような。それで箍がはずれた。カトリンは、人々が彼女に抱いているイメージとは正反対の行動をとった。仕事仲間がいつオフィスに入ってきてもおかしくなかったのに、気にかけもしなかった。自分でもいまだに信じられないほどの熱情にかられて、何も考えずにミカエルと抱き合った。事が終わると、ふたりは外に出てワインをあおった。酒をあおったりしない人間であるはずの、カトリン・リンドースが。

夜更けにタクシーボートでサンドハムンに到着し、ミカエルの別荘に転がり込んだ。それから何日も、ベッドで体を絡ませ合ったり、庭に座ってのんびりしたり、彼のモーターボートで出かけたりする以外には、ほとんど何もせずに過ごしている。そんな状態なのに、カトリンは、これは真剣な交際でも何でもない、と自分に言い聞かせている。いまのところはまだ、彼女の人生を貫く要素、けっして消えることのない恐怖についても、ひとことも口にしていない。明日には家に帰ろうと思っている。今夜でもいい。だが、昨日も一昨日も同じことを言っていた。そして、まだここにいる。いまは月曜日の午前十時半、海上は風が強く、カトリンは空を見上げ、風の中をそわそわとさまよう緑の凧を見つめた。すぐそばで電話が震えた。

ミカエルの携帯電話だ。本人はジョギングに出かけているから、当然無視するつもりだった。それでも彼女は画面に目をやった。〝フレドリカ・ニーマン〟と表示されている。彼が話していた法医学者にちがいない。カトリンは電話に出た。

「はい、ミカエルの携帯です」

「ミカエルはいますか？」

「ジョギングに出かけています。何かことづてしましょうか？」

「折り返し電話をくださるよう伝えてください」と法医学者は言った。「検査の結果が出た、と」

「ダウンジャケットの物乞いの件ですか？」

「そうです」

「わたし、会ったことあるんですよ」とカトリンは言った。

「そうなんですか？」

法医学者の声から、彼女が好奇心をそそられているのがわかった。

「ええ、いきなり襲いかかってきたんです」とカトリンは言った。

「すみません、あなたは？」

「カトリンと言います。ミカエルの友人です」

「襲いかかってきたって、いったい何があったんですか？」

「マリアトリエット広場でわたしに近づいてきて、大声でわめきだしました」

「何の用だったのかしら？」

言わなければよかった、とカトリンは思った。恐ろしいものが戻ってきた、と感じたことを思い出した。過去から冷たい風が吹いてきたようだった。

「ヨハネス・フォシェルの話をしていました」

「国防大臣のですか？」

「彼もほかの人たちと同じで、フォシェルの悪口を言いたかったのでしょう。わたしはなんとか身を振りほどいて、すぐにその場を去りました」

「その人、どのあたりの出身か、見当はつきましたか？」

それはたぶん、だいたいわかっている、とカトリンは思った。

「検査の結果というのは？」

「いいえ、まったく」と彼女は答えた。「それは、ミカエルに直接話したほうがよさそうです」

「そうですね。お電話するよう伝えます」

電話を切ったカトリンは、また恐怖が体内に忍び入ってくるのを感じ、物乞いの姿を思い浮かべた。マリアトリエット広場の銅像のそばに、膝をついて座っていた姿。あのときは既視感にとらわれた。旅をしていた子どものころに戻ったような気がした。それで、やや不安げな笑みを向けてしまったのかもしれない——昔は、みすぼらしい姿をした哀れな人を目にすると、必ずそうして笑いかけていたものだった。いずれにせよ、物乞いのほうは自分に気づいてもらえたと思ったのだろう。さっと立ち上がり、そばに落ちていた木の枝をつかむと、体を揺らしながら近づいてきて、大声でこう言った。

「フェイマス・レディー、フェイマス・レディー」

彼が自分を知っているらしいことにカトリンは驚いた。だが、彼がすぐ近くまでやってくると、欠けた指、黒く変色した頬、切羽詰まった瞳、黄色がかった皮膚が見えて、カトリンは体が麻痺したかのように動けなくなった。彼がジャケットをつかんできて、ヨハネス・フォシェルについてわけのわからないことを言いだしたところで、ようやく身を振りほどいてその場を去ることができた。

「その人が言ったこと、何も覚えてない？」とミカエルには訊かれた。

そのときは、よくあるたわごとよ、と答えた。だが、ひょっとすると、そうではなかったのかもしれない。彼の言葉が脳裏によみがえり、そうしてあらためて考えてみると、あれはわけのわからないたわごとではなく、よくあるフォシェルの悪口ですらなかったのではないか、という気がしてきた。何か、まったく別のことを伝えようとしている、そんな言葉だった。

ミカエルは別荘に近づいていた。へとへとに疲れて汗だくの状態で、あたりをぐるりと見まわす。後ろには誰もいない。彼はまたもや考えた——ただの勘違いだ、馬鹿げた思い込みだ、と。ここ数日、何者かに監視されているような気がしてならないのだ。ある男と遭遇する回数がやたらと多いように思える。長髪をひとつにまとめて顎ひげを生やし、両腕にタトゥーを入れた、四十歳ほどの男だった。いかにも夏休みの行楽客らしい服装ではあったが、それでいて休暇には似つかわしくない、やや油断のなさすぎるまなざしをしていた。

とはいえ、実際には自分とは何の関係もないのだろうとミカエルは思っていて、たいていはカトリンに没頭し、外の世界を忘れて過ごしている。それでもときおり、いまのように不安がちくりと胸を刺すことがあり、そういうときにはほぼ例外なくリスベットのことが頭に浮かんだ。なんともおぞましい光景を想像してしまうこともあった。息を切らしながら空を見上げる。雲ひとつない青空だ。しばらくは暑い日が続くだろうとどこかで読んだ。が、風が強くなる、嵐になるかもしれない、ともあった。ミカエルは別荘の前、庭に二本生えている、とっくの昔に剪定（せんてい）しておくべきだったフサスグリの木の前で立ち止まった。海水浴客で賑（にぎ）わう海のほうを眺めつつ、膝に両手をついて前かがみになり、大きく息をついた。

それから別荘の中に入った。熱烈な歓迎を期待していた。カトリンは彼が十分間留守にしただけでも、帰還兵を迎えるような勢いで迎えてくれる。ところがいまはベッドの上でぴくりとも動かず、苦々しげな顔で座っていた。ミカエルは心配になり、あの長髪の男のことをまた考えた。

「何かあった？」

「えっ……ううん、べつに」とカトリンは答えた。

「誰も来なかったね？」

「誰か来る予定だったの？」という答えが返ってきて、ミカエルは少し安心した。カトリンの髪を撫（な）で、気分はどうかと尋ねた。

何の問題もない、とカトリンは答えた。あまり信じられない、とミカエルは思った。彼女のこういう陰鬱（いんうつ）な面を見るのは、これが初めてではない。だが、これまでは影が差してもさっと消えていくばかりだった。法医学者から電話があったというので、ミカエルはカトリンをそっとしておくことにし、フレドリカ・ニーマンに電話をかけた。そして毛髪検査の結果を知らされた。

「なるほど」とミカエルは言った。「で、あなたが出した結論は？」

「いろいろな可能性を考えてみているんですが、正直、怪しいと思います」とフレドリカ・ニーマンは答えた。

ミカエルは、両腕で腹を抱えるようにして座っているカトリンを見やり、微笑みかけた。彼女も微笑み返してきたが、その表情はこわばっていた。ミカエルが窓の外に目を向けると、海に白波が立っているのが見えた。中途半端に陸揚げした彼のボートが波に揺れている。

「ファステ刑事は何と？」

「まだ知らせていません。報告書には書きましたけど」

「知らせなければだめですよ」

「そのつもりです。ところで、この物乞いの男性がヨハネス・フォシェルの話をしていたとお友だちから聞きました」

「フォシェルはウイルスみたいなものですよ」とミカエルは言った。「正気でない連中はみんな感染している」

「そういうものですか」

「ひと昔前のパルメ首相暗殺事件みたいなものです。ちょっとでも病んだ精神にはもれなく入り込む。フォシェル絡みのばかばかしい陰謀論はうんざりするほど聞かされていますす」

「いったいなぜそんなことに？」

カトリンを見やると、ちょうど立ち上がってトイレに入っていくところだった。

「それは何とも言えませんね」とミカエルは答えた。「人の想像力をかきたててやまない公人がいるのは事実です。しかしフォシェルの場合は、おそらく仕掛け人がいます。フォシェルが株価暴落へのロシアの関与を早い段階で指摘したこと、それ以外の場面でもクレムリンへの強硬姿勢をくずさなかったことへの報復でしょう。彼が虚偽情報拡散キャンペーンの犠牲になったことはほぼ立証されています」

「あの人、リスクをすすんで引き受けるようなところがありますよね？　冒険家でもあったように記憶していますが」

「ええ、わりにクリーンな、悪くない人物だと思いますよ。彼の取引についてはかなり詳しく調べました」とミカエルは言った。「ところで、例の物乞いの出身地はまだわかりませんか？」

「炭素13の分析で、とても貧しい環境で育ったらしいことはわかりましたが、それ以外はあまり。貧しかっただろうことはすでに予想していましたし。ほとんど野菜と穀物だけで暮らしていたようです。両親が菜食主義者だった可能性もありますが」

ミカエルはカトリンのいるバスルームのほうを見やり、言った。

「それにしても、妙な話だと思いませんか？」

「とおっしゃるのは？」

「その男がある日突然、どこからともなく現われたと思ったら、毒入りカクテルを飲んで遺体となって発見されるなんて」

「ええ、妙ですよね」

ミカエルはふと、あることを思いついた。

「あのですね。実は、警察で殺人事件の捜査を担当している友人がいます。警部で、ファステとも仕事をしたことがあり、彼のことを救いようのない馬鹿だと考えている人物です」

「賢明な方のようですね」

「ええ、請け合います。もしよければ、この件をちょっと見てもらえないかどうか、彼に訊いてみますよ。そうしたら少しは物事が速く進むかもしれない」

「そうしていただけると助かります」

「電話、ありがとうございました」とミカエルは言った。「また連絡します」

電話を切りつつ、ブブランスキーに電話する理由ができたのを嬉しく思った。彼とはもう長いつきあいになるが、そのあいだずっと気安い関係だったとは言いがたい。だがここ数年はまぎれもなく友人と呼べる仲で、彼と話すといつも心が癒される。ブブランスキーの思慮深さに触れると、ふっと視野が広がって、世界のニュースの奔流からしばし離れられるような気がするのだ。その奔流こそ、彼の人生そのものではあるのだが、ときおりセンセーショナリズムや狂乱の波に溺れている気がしてならない。

ブブランスキーと最後に会ったのはホルゲル・パルムグレンの葬儀のときで、リスベットのこと、彼女が大聖堂でドラゴンについて話したスピーチなどが話題にのぼった。近いうちにまた会おうと言って別れたが、実現はしないままだった。そういうことが何ひとつ実現しない時期というのはままあるものだ。ミカエルは彼に連絡しようと電話をつかんだが、ふとためらい、代わりにバスルームのドアをノックした。

「おーい、大丈夫かい？」

カトリンは返事をする気になれなかった。だが、何か言わなければならないということはわかったので、口ごもりながらも「ちょっとだけ待って」と言い、便座から立ち上がった。水で顔を洗って目の充血をやわらげようとしたが、あまりうまくいかなかった。ドアの鍵を開け、出ると、ベッドに座った。そばに寄ってきたミカエルに髪を撫でられても、気まずい感覚はまだ残っていた。

「記事の進み具合はどう？」とミカエルが尋ねた。

「最悪」

「そういう時もあるな。でも、ほかにも何かあっただろう？」

「例の、物乞いのことだけど……」

「彼がどうした？」

「あの人のせいで、わたし、パニックを起こしそうになった」

「そうみたいだね」

「でも、理由までは知らないでしょう」

「確かに、本当のところは知らないかもしれない」とミカエルに言われて、カトリンはしばしためらった。が、やがて両手を見下ろしたまま語りだした。

「わたしが九歳だったころ、両親が、これから一年は学校に行かないことになる、って言ってきた。父と母がわたしに勉強を教えるって言って、母が学校側を説得したの。それで教材とか課題とか、たくさん渡されたんだろうけど、わたしは一度も見たことない。そうして家族でインドのゴアに旅立った。初めはちょっと刺激的だったかもしれない。ビーチで寝たり、ハンモックで寝たりして、わたしはよその子たちと走りまわって、アクセサリー作りや木工を覚えたり、サッカーやバレーボールをしたりして過ごした。夜には焚き火をして踊ったりしてね。父がギターを弾いて、母が歌って。しばらくのあいだはアランボールでカフェをやっていた。わたしはココナッツミルクとレンズ豆のスープを作って出して、みんなそれを〝カトリンのスープ〟って呼んでいた。でも、そんな生活も、だんだん収拾がつかなくなっていった。カフェのお客さんは裸でやってきたけど、腕に注射針の跡のある人がたくさんいた。完全に酔っている人も多かったし、わたしにちょっかいを出したり、変なことを言って怖がらせてきたりする人もいた」

「ひどいな」

「ある夜、目が覚めると、暗闇の中で母の瞳がぎらついていた。クスリを注射しているところだったの。父は少し離れたところで体を揺らして、眠そうな声で『おやおや』と言っていた。ほどなく問題が深刻になってきた。パパのご乱心、ってわたしたちはいつも言っていた。パパどうしたの、ってわたしが訊くと、母は、ああ、いつものご乱心よ、って。パパのご乱心。やがてわたしたちはゴアを離れた。そうすればご乱心からも逃れられると思ったのかもね。朽ちかけた木の車輪のついた荷車に、ショールだの、服だの、ありとあらゆるがらくたを満載して、それを母が売ろうとして、何時間も、何日も、何週間も引いて歩いていたのを覚えている。そのうち、全部処分できたんでしょうね、気がついたら荷物はほとんどなくなっていて、わたしたちは電車に乗ったりヒッチハイクしたりしていた。バラナシにたどり着いて、最終的にはカトマンズに落ち着いて、ヒッピーの溜まり場だったフリーク・ストリートに住みついた。そのときになってわたしは、家族のビジネスがすっかり変質してしまったことに気づいた。父も母も、ヘロインを自分でやっていただけじゃない。売ってもいたの。人がうちに来て『プリーズ、プリーズ』って。街中で男の人たちに追いかけられたこともあった。指が欠けている人がたくさんいたし、腕や脚がない人もいた。みんなぼろぼろの服を着て、肌は黄色がかっていて、顔のあちこちが変色していた。いまだに夢に出てくる」

「それで、あの物乞いを見て、その人たちのことを思い出したってわけか」

「あのころのことが全部よみがえったみたいだった」

「かわいそうに」

「もうしかたないって受け止めてる。ずっと前から耐えてきたことだし」

「これで気分が軽くなるかどうかはわからないが、あの物乞いは薬物依存症じゃなかった。錠剤の類いすら、いっさいやってなかったそうだよ」

「それでも、そういうふうに見えた」とカトリンは答えた。「あの人たちと同じように切羽詰まっていて、必死だった」

「彼は殺されたのかもしれないって法医学者は言ってるんだ」ミカエルは、それまでとはまったく違う口調でそう続けた。カトリンの告白を早くも忘れてしまったかのようで、彼女は傷ついた。いや、自分自身にうんざりしただけかもしれない。気分転換したいからしばらく外に出る、とミカエルに告げると、彼は引き止めようとしたが、それでもどこか上の空で、もうほかのことを考えているのは明らかだった。

戸口で振り返ると、ミカエルが携帯電話で誰かに電話をかけているのが見えた。それでカトリンは、彼に何もかも打ち明ける必要はない、と考えた。それに、どんな事情があろうと、調査力なら自分だって負けていないのだ。

第十章

八月二十四日——八月二十五日

ヤン・ブブランスキーは永遠の懐疑派だ。いまの彼は、自分に昼食をとる権利があるのかどうかを疑っている。廊下の自動販売機のサンドイッチで満足し、仕事を続けるべきなのではないか。いや、サンドイッチもやめたほうがいいのでは？　サラダにしなければ。あるいは、何も食べないか。パートナーのファラー・シャリフと行ったテルアビブ旅行で、体重が増えたのだ。しかも頭頂部の毛がさらに少し減った。まあ、それはそういうものとして受け止めるしかない。気にしてもしかたのないことだ。彼は仕事に集中した。読んでいる事情聴取記録はひどい文章だし、フディンゲでの鑑識捜査はぞんざいそのものだ。そのせいで気が散っていたのかもしれない。ミカエル・ブルムクヴィストから電話がかかってくると、彼は嘘偽りなくこう答えた。少なくとも自分では正直なつもりだった。

「不思議なこともあるもんだ、ミカエル、ちょうどきみのことを考えていた」

とはいえ、実際に考えていたのはリスベット・サランデルのことだったかもしれない。いや、そんな気がしただけだろうか？

「元気かい？」と彼は続けた。

「いろいろありますが、まあ元気だと言ってさしつかえないと思いますよ」

「断言せずにいてくれて助かるよ。ここのところ、いつも元気で明るい連中にどう接していいかわからなくなってきた。夏休みは取ったかい？」

「いま取ろうと努力しているところです」

「私に電話してくるようじゃ努力が足りんな。察するに、きみの彼女の話だろう」

「ぼくの彼女だったことは一度もないんですが」とミカエルは言った。

「ああ、わかっているよ。誰かの、という表現があれほど当てはまらない娘はいないね。堕天使が天界にいるようなものだ、そうは思わないかい？　誰にも仕えず、誰にも属さない」

「あなたが警察官だなんてまったく信じがたいですよ、ヤン」

「もう引退したほうがいいとラビには言われている。しかし、冗談は抜きにして、あの娘から連絡はあったかい？」

「身を隠している、馬鹿なことはしない、と本人は言ってます。いまのところは信じてよさそうです」

「それはよかった。あの娘に迫っている危険は実に厄介だ。スヴァーヴェルシェーが身辺を探っているのも気に入らん」

「好ましいと思う人はいませんね」

「われわれが彼女に警護を申し出たことは、当然知っているだろうね」

「話には聞きました」

「それなら、彼女がそれを断わったこと、以来連絡がつかないことも聞いただろうか」

「ええ、まあ……」

「何かあるのかい」

「いや、何も」とミカエルは答えた。「ただ、身を隠すことにかけて、彼女の右に出る者はいない。ぼくはそう考えて安心しようとしてる。それだけです」

「通信傍受とか、そういったことから、という意味だろうか」

「基地局やIPアドレスから彼女の足跡をたどるのはほぼ無理ですからね」

「確かに。さしあたりは様子見だな」

「そうですね。実は、まったく別の件でお願いがあるんですが」

「ほう、何だろうか」

「ハンス・ファステがある事件の担当になったんですが、どうやらそのまま放ったらかしにしているようなんです」

「あの男の場合、放ったらかしにしてくれたほうがましなことも多いぞ」

「ふむ、そうかもしれませんね。まあいずれにせよ、ある物乞いが亡くなった件なんですが、法医学者のフレドリカ・ニーマンは、彼が殺された可能性もあるとみているんです」

　ミカエルは一部始終を話してくれた。通話を終えると、ブブランスキーは自室を出て、廊下の自動販売機でプラスチック包装されたチーズサンドイッチふたつと、チョコレートウェハースを買った。それから、部下のソーニャ・ムーディグ刑事に電話をかけた。


　カトリンは草むらに放置されていた庭仕事用の手袋をはめ、フサスグリの木の下から生えているイラクサを引き抜いた。顔を上げると、デニムジャケット姿で長髪をひとつにまとめた、やや威圧感のある広い背中の男が、海のほうへ去っていくのが見えた。だが、そのことについてはとくに考えず、ただ外に出る前と同じように、頭の中をそわそわとさまよう思考にとらわれていた。

　マリアトリエット広場の物乞いが、フリーク・ストリートにいたクスリ漬けの連中とまったく同類というわけではなかった、というのは、確かにそのとおりだろうと思う。それでも、彼があの地域の出身であることは間違いないと思っている。そして、フリーク・ストリートの連中と同じように、いいかげんな医師の治療を受けたにちがいない、ということも。彼の指が欠けていたことを思い出す。歩き方も独特で、まるで足に重心がかかっていないように見えた。つかみかかってきた手の力を、彼が発した言葉を思い出した。

「おれ、恐ろしいこと知ってる。ヨハネス・フォシェルのこと」と、英語で言っていた。

それを聞いて、日々彼女のメールアカウントに、彼女自身への誹謗中傷とともに流れ込んでくる汚物を、ここでもまた聞かされるのだと思った。暴力をふるわれたらどうしようと怖くなった。が、そうしてすっかり動けなくなったところで、男は彼女の腕を離し、もっと悲しげな口調で、こう続けた。

「おれ、フォシェルを連れていった。マムサビヴを残していった、ひどい、ひどい」

いや、マムサビヴと言ったのではないかもしれないが、そんな感じの響きだった。長い単語で、最初と三番目の音節にアクセントがあった。男から逃げ、スヴェーデンボリ通りでソフィー・メルケルに鉢合わせしたときにも、その言葉がまだ頭の中で響いていた。だが、そのあと忘れてしまったらしい。法医学者と話をし、別荘の外に出たいまになって初めて、あの言葉についてあらためて考えた。いったいどういう意味だろう？　調べてみる価値はあるかもしれない。

手袋をはずし、マムサビヴという言葉を、綴りをいろいろ変えて検索してみたが、どの言語でも意味のある検索結果はひとつもなかった。ただ、グーグルが〝もしかして：マッツ・サビーン〟と言ってきた。そうなのかもしれない。マッツサビン、とひと息に言えば、似たように聞こえなくもない。少なくともありえないことではないだろう。しかもマッツ・サビーンというのは、かつて少佐として沿岸砲兵隊に所属し、その後国防大学で軍事史の研究をしていた人物だとわかった。情報機関に所属していたことのあるロシア通のフォシェルと、かかわりがあった可能性は充分にある。

カトリンはいちかばちか、ふたりの名を両方入れて検索してみた。すると、ふたりは面識があっただけでなく、敵同士でもあったことを示す検索結果がすぐに出てきた。いや、敵とは言わないまでも、深刻な意見の相違があったことは事実らしい。カトリンは家の中に入ってミカエルに話そうと考えた。が、思い直した。いくら何でもこじつけが過ぎる。彼女は庭にとどまり、また庭仕事用の手袋をはめると、さらに雑草を抜き、小枝を折った。さまざまな相反する思いを抱きながら、波打ちぎわに目を向けていた。

リスベットはまだプラハのホテル・キングス・コートにいて、窓辺の机に向かい、モスクワの西、リュブリョフカにあるカミラの豪邸を、またもやじっと見下ろしている。だが、もう強迫観念のように見つめているだけではないし、そうして記憶をたどっているわけでもない。カミラ宅はここのところ、要塞か、司令センターのような様相を呈している。クズネツォフのような大物も含め、人がひっきりなしに出入りしていて、その全員がセキュリティーのため所持品検査を受けているし、日を追うごとに警備員の数が増えている。ITセキュリティーの見直しが何度も繰り返し行なわれていることには疑いの余地がない。リスベットは、カーチャ・フリップが仕掛け、数日後に片づけてくれたなりすまし基地局のおかげで、カミラの携帯電話の追跡シグナルを通じて妹の足取りを逐一追うことができた。だが、ITシステムそのもののハッキングにはまだ成功しておらず、中で何が行なわれているかについては推測することしかできない。確かなのは、動きが活発になっている、ということだけだ。

　まるで大規模な作戦を控えているかのように、邸宅全体が神経を高ぶらせ脈打っている。カミラはきのう、モスクワ郊外のホディンカにあるGRU本部、通称〝水族館〟へ車で赴いていた。これもよい兆候とは言いがたい。カミラは得られるかぎりの助力を得ようとしているように見える。

　とはいえ、リスベットの居場所はいまのところ見当もついていないらしい。何はともあれ安心材料ではある。妹がリュブリョフカの家にいるかぎり、自分もパウリーナも身の危険はないはずだ。とはいえ、何ひとつ断言はできない。

リスベットは衛星からの映像を閉じ、代わりにパウリーナの夫、トーマスがいま何をしているかに目を向けた。どうやら何もしていないようだ。ウェブカメラに映った彼は、プライドを傷つけられたようないつもの表情で、こちらのほうをじっと見つめているだけだった。

ここ最近のリスベットが話しやすい相手だったとはとても言えない。それでもパウリーナの話には毎晩、何時間も耳を傾けてきたから、彼女の人生については充分すぎるほど把握している。とりわけよく知っているのが、アイロンの話だ。いまウェブカメラの前で鼻をかんでいるトーマスは、ドイツではいつもシャツをクリーニングに出していた。コペンハーゲンに移り住んだあとは、〝どうせ昼間、何もしていないんだから〟ということで、パウリーナにアイロンをかけさせた。ところがある日、パウリーナはアイロンを置きっぱなしにし、皿洗いもせずに放置して、下着と、アイロンのかかっていないトーマスのシャツだけを身につけて室内を歩きまわり、ウィスキーや赤ワインを飲んでいた。

その前の晩、彼女は暴力をふるわれていた。唇（くちびる）が切れていて、彼女はトーマスに別れを告げるため、そうでなくともとにかく話し合いをするため、酒の力を借りようとしていた。それでだんだんコントロールが効かなくなり、うっかり花瓶をひとつ割ってしまった。グラスや皿も割ったが、こちらのほうはあまり〝うっかり〟ではなかった。いつのまにかシャツに赤ワインを、シーツやカーペットにウィスキーをこぼしてもいて、最終的には寝入ってしまった。泥酔して、心の中は反抗心でいっぱいで、やっとトーマスに地獄に落ちろと言ってやれる、と思っていた。

だが、目を覚ましたとき、トーマスは彼女の両腕を脚で押さえて座り、彼女の顔を殴っている最中だった。それからアイロン台に彼女を引っぱっていき、自分のシャツに自らアイロンをかけた。そのあとのことは、ほとんど何も覚えていない、とパウリーナは言った。ただ、肌の焼けるにおいと、筆舌に尽くしがたい痛み、玄関へ急ぐ自分の足音だけが記憶に残っている、と。リスベットは折に触れてこの話を思い出す。ちょうどいまのように、トーマスの目をじっと凝視していても、その顔は往々にして父親の顔と重なって見えた。

疲れていると、すべてが混じり合ってしまう。カミラ、トーマス、子どものころの記憶、ザラ、すべてが。そして、拘束ベルトのように胸や額を締めつけてくる。それで息切れしてしまうこともあった。外から音楽が聞こえてくる。ギターのチューニングをしているようだ。リスベットは体を伸ばし、窓の向こうに目を向けた。ずいぶん賑わっている。ショッピングセンター〈パラディウム〉を出入りする人々の流れ。右側にある大きな白い舞台で、コンサートの準備が行なわれている。ひょっとすると、また土曜日が来たのかもしれない。いや、祝日だろうか。どうでもいいことだが。パウリーナはどこで何をしているのだろう？　きっとまたいつものとおり、街中を延々と散歩しているのだろう。リスベットはふと気分を変えたくなり、受信トレイをチェックした。

期待していたハッカー共和国からの連絡はなかった。今日送った質問への答えはまだないということだ。が、ミカエルから、暗号化された大きめのドキュメントがいくつか届いていて、リスベットは薄く笑みをうかべた。やっと自分の記事を読む気になったわけね、と思った。ところが、ファイルの内容は、クズネツォフにも彼が拡散した嘘にも関係がなさそうだった。むしろ、これは……何だろう？

数字とアルファベットの羅列だ。XY、11、12、13、19、それが延々と続いている。何のことはない、DNAシークエンスだった。が、いったい誰の？　どういうことだ？　リスベットはドキュメントにざっと目を通し、いっしょに届いた司法解剖報告書も読んで、どうやらこれはある男のものらしいと理解した。炭素14法による測定結果では、年齢は五十四歳から五十六歳のあいだ。中央アジア南部の出身。手足の指が欠けていたうえ、かなり衰弱し、アルコール依存症になってもいた。ゾピクロンとデキストロプロポキシフェンによる中毒死、と書いてある。

ミカエルはこう書いていた。

本当に休暇中で、馬鹿なことをしていないのなら、この男が誰かを調べてみてはもらえないだろうか。警察はまだ身元を突きとめていない。何もわかっていないんだ。フレドリカ・ニーマンという名の有能な法医学者は、この男が殺された可能性もあると考えている。

男はタントルンデン公園の木の下で、八月十五日に発見された。DNAの分析結果を送るよ。常染色体DNAの分析だ。ほかにもいろいろある。炭素13の分析結果、毛髪検査の結果に、男の筆跡の残った紙切れの写真。(そう、ぼくの電話番号だ。)

M

冗談じゃない、とリスベットはひとりごちた。これから出かけてパウリーナを見つけて、また酔っ払うまで酒を飲むんだから。いや、これから何をするかはどうでもいい。何にせよ、DNAの分析結果を読み込むつもりなどないし、法医学者と話し合う気もない。

だが、今回も結局、外出することにはならなかった。ちょうど廊下からパウリーナの足音が聞こえてきたのだ。リスベットはミニバーからシャンパンの小さなボトル二本を出し、両腕を広げてみせた。ひどい顔してる、と言われないための、果敢な試みだった。

もちろん、常識はずれもいいところだ。だが、ミカエルはなんとも孤独で陰鬱な気分だった。カトリンが、家に帰って猫と植木の面倒をみなければ、と言いだしたからだ——猫はともかく、植木にも負けるなんて。ミカエルは港まで彼女を送っていくと、別荘に戻り、またフレドリカ・ニーマンに電話をかけた。

高名な女性遺伝学者の知り合いがいる、彼女ならDNA分析の結果から何か読みとれるかもしれない。そう伝えると、フレドリカは当然、その女性遺伝学者とやらの名前と専門分野を知りたがった。ミカエルはあいまいな答えを返した。必ず結果を出す人だ、ロンドンで教授をしている、人々のルーツを解明するのが専門だ、等々。もちろん全部でたらめである。だが、リスベットがDNA分析に長けているのは本当だ。自分の家族に極端な遺伝子が揃っている理由を解明するという、野心的な企てを進めていたのだから。高い知性と悪意の塊、父親のザラだけではない。異母兄のロナルド・ニーダーマンは怪力の持ち主で、痛みを感じることがなかった。リスベット自身、映像記憶能力に恵まれている。並はずれた性質を備えた人物が、一族にずらりと揃っているのだ。それでリスベットがどんなことを発見したのか、ミカエルには見当もつかないが、彼女が科学的な方法論をあっという間に学んでしまったことは知っている。彼はフレドリカ・ニーマンとあれこれ交渉し、ついに資料を手に入れた。

そして、それをリスベットに送った。これで何かがわかるとまでは期待していない。口実をつけてリスベットと連絡を取りたかった、というのもあるかもしれない。あとはまあ、なるようになるだろう。ミカエルは海のほうを見やった。風がさらに強くなり、最後まで残っていた海水浴客が荷物をまとめている。ミカエルは物思いにふけった。

カトリンはいったいどうしてしまったのだろう？　ほんの数日ですっかり親密になったものだから、てっきり……てっきり、何だ？　ふたりのつながりは本物だと思った、とか？　馬鹿げている。夜と昼のように正反対のふたりではないか。彼女のことなどさっさと忘れて、代わりにエリカに電話するべきだ。記事をキャンセルして、『ミレニアム』の次号をまとめ上げなければならないという重圧をかけたのだから、埋め合わせをするのが筋だろう。ミカエルは携帯電話を出し、電話をかけた――カトリンに。気がついたらそうなっていた。しばらくのあいだは、港で別れたときの空気がまだ続いていて、手探りのようなぎこちないやりとりだった。が、やがて彼女が言った。

「ごめんね」

「どうして？」

「帰ってしまったから」

「ぼくのせいで植木を死なせちゃいけないよ」

カトリンは陰鬱な笑い声を上げた。

「これからどうするんだ？」とミカエルは続けた。

「さあね。書けないまま座りつづける、とか？」

「楽しそうではないな」

「そうね」

「それでも、ここを離れる必要があった。そういうこと？」

「そうだと思う」

「草むしりをしてるのが窓から見えたよ」

「そうなの？」

「何か悩んでるように見えた」

「そうね、そうかもしれない」

「何かあったのかい？」

「べつに、たいしたことじゃないんだけど」

「でも、あったんだね？」

「あの物乞いのことを考えていたの」

「どんなことを？」

「フォシェルのことで彼が何と言っていたか、わたし、あなたに伝えなかった」

「よくあるたわごとだと言ってただろう」

「でも、もしかすると、そうじゃなかったのかもしれない」

「なぜ急にそう思ったんだ？」

「例の法医学者さんから電話があったあと、少しずつ思い出しはじめて」

「で、何て言ってた？」

「『おれ、フォシェルを連れていった。マムサビヴを残していった、ひどい、ひどい』。そんな感じのこと」

「わけがわからないな」

「そうよね」

「きみの解釈は？」

「わからない。でも、マムサビヴとか、マンサビンとか、いろんな綴りで検索してみたら、マッツ・サビーンっていう名前が出てきたの。何か関係がありそうなのはそれだけだった」

「軍事史の専門家だろう？」

「知っているの？」

「昔、第二次世界大戦についての本を全部読んでるような子どもだったから」

「サビーンは四年前、アビスコでトレッキング中に亡くなったのよ、それも知っていた？

湖のそばで凍死したの。脳出血を起こして、寒さから身を守れなかったんだろう、って言われている」

「それは知らなかった」

「もちろん、それがフォシェルと関係があると思っているわけじゃないんだけど……」

「だけど……？」

「ついつい、ふたりの名前を合わせて検索してみたらね、フォシェルとサビーンがマスコミを通じて激しくやり合っていたことがわかった」

「どんなことで？」

「ロシアについて」

「どういうふうに？」

「マッツ・サビーンは引退後、意見をがらりと変えたのよ。それまではタカ派だったのが、引退したあとはロシア寄りになっていて、たとえば『エクスプレッセン』紙とかに、スウェーデンという国全体がロシアへの恐怖心と被害妄想に取り憑かれている、もっと理解ある目でロシアを見るべきだ、という内容の記事をいくつも書いた。それに対して、フォシエルが反論記事を書いて、サビーンの言葉はロシアのプロパガンダにそっくりだと言い、ロシアからお金をもらっているのだろうとほのめかした。それで大騒ぎになったの。名誉毀損で訴えるという話にまでなったけど、結局フォシェルが引き下がって謝罪した」

「そこに、物乞いがどうかかわってくるんだ？」

「見当もつかない。でも……」

「でも？」

「彼は『マンサビンを残していった』というようなことを言っていた。状況には合うでしょう？　少なくとも、理屈のうえでは。マッツ・サビーンはひとりきりで放置されて亡くなったんだから」

「確かに、ありえなくはないな」とミカエルは言った。

「きっと馬鹿げたこじつけだろうけど」

「そうともかぎらないさ」

ふたりはしばらく黙っていた。ミカエルは海のほうを見た。

「なあ、そのまま船でUターンしてきてくれないか？　この件をはっきりさせるんだ。ほかのことも話そう。人生の意味とか、いろいろ」とミカエルは続けた。

「また今度ね、ミカエル。また今度」

ミカエルは彼女を説得したかった。すがりついて懇願したかった。が、それではあまりにも情けないと思ったので、それじゃまた、いい夜を、と言って電話を切った。立ち上がり、冷蔵庫からビールを取ってくると、これからどうしようかと考えた。当然、カトリンのことも物乞いのこともいったん忘れるのが、いちばん理にかなっている。どちらも考えたところでどうにもならないだろう。トロール工場と株価暴落についての記事に戻るべきだ。いや、それよりも、本気で夏休みを取ったほうがいいのか。

とはいえ、人の性格はそう簡単には変わらない。自分は頑固だし、おそらく救いようのない馬鹿でもある。物事をあっさり忘れられる性質ではないのだ。しばらく皿洗いをして簡易キッチン(キチネット)を片づけ、また海を眺めた。それから、マッツ・サビーンについて検索し、『ノルランド社会民主新聞』に載った長い追悼記事に没頭した。

マッツ・サビーンはルレオ出身、沿岸砲兵隊の将校（少佐）で、八〇年代には潜水艦追跡部隊に所属していた。そのかたわら歴史を学び、しばらくは軍を離れてウプサラ大学に籍を置き、ヒトラーによるソ連侵攻についての論文で博士号を取得した。最終的には国防大学の准教授になったが、ミカエルの知っているとおり、第二次世界大戦に関する一般向けの本も出していた。サビーンは長きにわたって、スウェーデンもＮＡＴＯに所属するべきだと主張していた。バルト海で自分たちが追跡していた潜水艦は間違いなくロシアのものだ、そう信じて疑っていなかった。にもかかわらず、晩年には親露派となった。ウクライナ介入もクリミア半島侵攻も擁護し、シリアの平和維持に貢献しているとしてロシアを賞賛した。

なぜがらりと立場を変えたのか、追悼記事からは読みとれなかった。ただ、本人が〝意見というのは、歳をとって賢くなったら変えるものだ〟と言ったらしいことはわかった。マッツ・サビーンはクロスカントリー走に長け、ダイバーでもあったという。享年六十七。当時、サビーンは伴侶を失ったばかりで、アビスコとニッカルオクタを結ぶ有名なトレッキングルートを歩いていた。〝体調は万全だった〟とあり、季節は五月の初め、天候も良好との見通しだった。にもかかわらず、三日の夜になるとあたりは凍りついた。気温はマイナス八度まで下がった。サビーンはおそらく脳卒中に見舞われ、アビスコヨッカ川の近くで倒れて、トレッキングルート周辺に点在している山小屋までたどり着けなかったのだろう、とみられている。彼の遺体は四日の朝、スンドビーベリから来たトレッキング客のグループに発見された。不審なところは何もなかったらしい。暴力の痕跡はいっさいなかった。

ミカエルはそれでも念のため、同じように体を動かすことに熱心なヨハネス・フォシェルが、このときどこにいたかを調べてみた。インターネットで調べただけでは確証は得られなかった。時は二〇一六年五月、フォシェルが国防大臣になる一年半近く前の出来事だから、地元エステルスンドのマスコミですら、彼の一挙手一投足を見守ってはいなかったのだ。それでも、フォシェルが事業のうえでこの地方とかかわりを持っていることはわかった。というわけで、当時彼がアビスコにいた可能性もゼロではなかった。

もちろん、これだけではあまりに不確かで根拠に欠ける。ミカエルは立ち上がり、寝室の本棚に目を向けた。だが、あるのはほとんどが推理小説で、どれももう読んでしまっている。娘のペニラに電話をかけ、エリカにもかけてみたが、どちらもつかまらなかった。どうにもじっとしていられなくなり、港のそばのセーグラルホテルに出かけて、そこで夕食をとった。夜更けに別荘へ戻ったころにはもう疲れきっていた。

パウリーナは眠っている。リスベットは天井を凝視している。いつものことだ。この状態か、ふたりとも横になったまま起きているか。どちらもろくに眠っていないし、心身ともに健康とはとても言いがたい。今夜はシャンパンやビール、オーガズム数回でそれなりに互いをいたわり、終わったあとはさっさと寝入った。だが結局、それもたいして役には立たなかった。ほどなくリスベットはびくりと目覚め、ルンダ通りで過ごした子ども時代の記憶や疑問が、凍てつく風となって吹きつけてくるのを感じていた。あのころの自分たちは、いったいどうなっていたのだろう?

科学的なあれこれに興味を持つ前から、リスベットはよく、自分の一家は遺伝的におかしい、と口にしていた。それはずっと、いろいろと極端で邪悪な親族がたくさんいる、という意味でしかなかった。だが、ほんの一年ほど前、彼女はこの仮説を徹底的に検証してみようと考えた。あちこちにハッキングで侵入した結果、リンシェーピンにある法遺伝学研究所から、ザラチェンコのY染色体データを入手した。

夜を徹して分析のしかたを学び、ハプログループについて手に入る資料を片っ端から読んだ。どの家系でも、細かい遺伝子変異が起こっている。ハプログループというのは、ひとりひとりの個人が人類の中でどの変異を果たしたグループに属しているかを示す概念だ。それで父親がひじょうに珍しいグループに属していることがわかったが、まあそうだろうな、と思っただけだった。さらに時をさかのぼってみると、そのことを裏付ける事実が明らかになった。父の家系には、知能の高い人間のみならず、反社会的な性質の人間が異常に多かったのだ。嬉(うれ)しいとも、何かの見識を得たとも思えない発見だった。

が、DNA分析の技術をマスターすることはできた。時刻は夜中の二時過ぎ、リスベットは昔を思い出して背筋を震わせ、邪悪な赤い目のように点滅している天井の火災報知器を見つめるばかりで、これなら代わりにミカエルが送ってきた資料を見てやってもいいのではないか、と考えはじめた。少なくとも、気をまぎらすことはできるだろう。

そっとベッドから起き上がり、机に向かってファイルを開いた。さて、とつぶやく。さてと。これは何だろう？　常染色体DNAの仮データで、いわゆる短鎖縦列反復配列(STR)マーカーがいくつか選び出されている。そこでリスベットは、ブロード研究所が出している、BAMファイル（ゲノムシークエンスデータをバイナリ形式で出力したファイル）を読み込めるブラウザを起動した。これでマーカーを解析することができる。初めはややぼんやりと作業していて、ときおり休憩してはカミラ宅の衛星映像を見ていた。だが徐々に、資料に含まれた何かが彼女を魅了しはじめた。さしあたり、北欧にこの男の祖先や親戚がいなかったことはわかった。

どこか遠くからやってきたということだ。司法解剖報告書を読み返し、とりわけ炭素13の分析結果と、怪我(けが)の痕や欠けた手足の指について読んだところで、リスベットはある驚くべきことを思いついた。肩の古い銃痕に手を押し当てて、前のめりに座ったまま、しばらくじっと動かずにいた。

それからインターネットでいくつか検索をし、ぶつぶつとひとりごとを言った。本当にこれで合っているのだろうか？　どうにも信じがたい気がして、彼女は法医学者のサーバーに侵入する準備を進めた。

だが珍しいことに、まずはもっと伝統的な方法を試してみようと思いつき、メールを一通書いた。それから、ミニバーに残っていた最後の二瓶、コカコーラとコニャックの小瓶を出した。そのまま何時間も、朝が来るまで漫然と過ごしていた。椅子の上でうとうとしていたかもしれない。だが、パウリーナが目を覚まし、廊下から物音が聞こえてくるようになったころ、リスベットの携帯電話にシグナルが入り、彼女はまた衛星映像に接続した。

しばらくは眠そうな細目でぼんやりと映像を見ていたが、急にはっと覚醒した。

妹と男三人――うちひとりはめったにない背の高さだった――が、リュブリョフカの邸宅を離れ、リムジンに乗り込むところが画面に映っていたのだ。リスベットは一行がモスクワ郊外のドモジェドヴォ国際空港に到着するまで、ずっとその道のりを目で追っていた。

第十一章

八月二十五日

ベッドの上で寝返りを繰り返していたフレドリカ・ニーマンは、ついに枕元のテーブルに置いてある目覚まし時計を見やった。少なくとも五時半にはなっていてほしいと思ったが、まだ四時二十分で、彼女は声に出して悪態をついた。五時間も眠れていない。それでも二度寝を試みる気にはなれなかった。不眠に悩む人間として、二度寝できそうにないときは自分でそうとわかるのだ。そこで起き上がり、キッチンで緑茶をいれた。朝刊はまだ来ていない。携帯電話を手に、キッチンテーブルに向かって腰を下ろし、鳥の声に耳を傾けた。街中で暮らしたい。男の人と暮らしたい。いや、ティーンエイジャーでない人なら誰でもいい。

もしそういう人がいたら「今日も眠れなかった、頭も背中も痛い」とこぼしたい。実際にこぼしているのだが、ここには自分しかいないので、答えも自分で用意するはめになった。「かわいそうに、フレドリカ」

夜中は突風が吹いていたが、いまは外の湖も静かに凪いでいて、この湖で暮らしている二羽の白鳥の姿が遠くに見えた。寄り添うようにして水面をするすると進んでいる。ときどき、あの二羽がうらやましくなる。白鳥の暮らしが楽しそうだからではなく、二羽でいるからだ。いっしょに睡眠不足になれる。鳥の言葉で愚痴を言い合える。フレドリカはメールをチェックした。ワスプという差出人からメールが届いている。こう書いてあった。

　ブルムクヴィストからSTRマーカーと解剖報告書を受け取りました。男の出身地について思いついたことがあります。炭素13分析の結果が面白い。いずれにせよ全ゲノムシークエンスが必要。たぶんUGC経由がいちばん速いでしょう。急ぐよう頼んでください。待っている時間はないので。

何よ、この態度、とフレドリカはぼやいた。差出人の署名すらない。自分のDNAシークエンシングでもしてれば、と言いたくなる。こういう礼儀や社交辞令というものを知らない研究者には耐えられない。別れた夫もこういうタイプだった。いま考えればまったくどうしようもない男だった。そこまで考えてから、フレドリカはメールを読み返し、少し落ち着きを取り戻した。確かに無礼で横柄（おうへい）なメールだ。だが内容は、彼女自身の考えたことと一致している。一週間前にはもう、血液サンプルをUGCことウプサラ・ゲノムセンターに送り、全ゲノムシークエンスを頼んでいるのだ。

何度か催促もしたし、担当のバイオインフォマティクス（生命情報科学）技術者に、珍しい変異があればすべて赤でマークしてほしい、と頼んである。そろそろ結果が返ってきてもおかしくないころだ。そこで、この腹の立つ研究者ではなく、ゲノムセンターの担当者のほうにメールを送ることにした。勢いづいて、無礼な研究者とやや似通った口調になった。

［いますぐシークエンスが必要です］と彼女は書いた。

先方が送信時刻にも感銘を受けることを願った。まだ朝の五時にもなっていないのだ。湖の白鳥までもが眠そうで、二羽でいるからといってさほど満足はしていないようにも見えた。

ホルン通りにある〈クルト・ヴィードマルク電器店〉は、まだ開店していなかった。だが、ソーニャ・ムーディグ刑事は店内に背の曲がった老人の姿を認め、ドアをノックした。店主は無理やり笑みをうかべ、のそのそとドアに向かってきた。

「まだ早いんですが、まあかまわんでしょう。いらっしゃいませ」

ソーニャが自己紹介をして用件を話すと、店主の身がさっとこわばり、苛立ちの影がその目をよぎった。彼はため息をつき、しばらく不平をこぼしていた。顔は青白く、左右がやや非対称で、長い前髪を禿げた頭頂部に撫でつけている。口元には苦々しげな表情がうかんでいた。

「ただでさえ厳しい業界なんですよ」と彼は言った。「ネット通販や大きなチェーン店がのさばっているから」

ソーニャは微笑み、理解のある顔をしてみせようとした。今日は朝からあちこち歩きまわって聞き込みをしていた。そして、この隣の美容院に勤めている若い男から、ブブランスキーの言っていた物乞いがよくこの店の外に立って、中のテレビ画面をにらみつけていた、という情報を得たのだった。

「最初にその人を見かけたのはいつですか?」とソーニャは尋ねた。

「何週間か前、店にずかずか入ってきたと思ったら、売り物のテレビの前に陣取って、ずっと見入っていたんですよ」とクルト・ヴィードマルクは言った。

「テレビに映っていたのは?」

「ニュースです。株価の暴落とか、軍民共同防衛とかについて、ヨハネス・フォシェルがインタビューでかなり厳しく追及されていました」

「彼はどうしてそれに興味を持ったんでしょう」

「さあねえ」

「見当もつきませんか？」

「つきませんよ、私に何がわかるっていうんです？　その人を追い出すことのほうに集中していましたしね。そうは言っても、邪険にしたわけじゃないですよ。人はどういう身なりでもかまわないと思っていますからね。だけど、あんたのせいでほかのお客さんが怖がっている、とは言いました」

「怖がっていたんですか？」

「突っ立ったままひとりごとを言っていたし、ひどいにおいだったし、ちょっと頭がおかしくなっているように見えましたからね」

「何と言っていたかは聞こえましたか？」

「ええ、もちろん。私に英語ではっきり尋ねてきましたよ、フォシェルはいま有名人なのか、とね。私はちょっと驚いて、ああ、そりゃあ有名人だよ、と答えました。国防大臣だし、ものすごい金持ちでもある、とね」

「つまり、彼は有名になる前のフォシェルを知っているようだった、ということですね？」

「それは何とも。ただ、そいつが『問題があるのか？　いまは問題がある？』と訊いてきたのは覚えています。質問でしたが、ある、と答えてほしそうな口調でした」

「で、あなたは何と答えたんですか？」

「そのとおり、大きな問題を抱えているよ、と答えました。株で不正をやって、裏で大儲けしたんだ、とね」

「それは、ただの根拠のない噂ですよね？」

「たくさんの人から聞きましたよ」

「それで、物乞いはどうしましたか？」

「大声でわめきだしたので、私は彼の腕をつかんで外へ連れ出そうとしました。だけど、あいつは強かった。自分の顔を指さして、こう言いました。『おれを見てくれ。おれがどうなったか見てくれ！　おれはあいつを連れていった。あいつを連れていった』まあ、そんなようなことを叫んでいましたね。すっかり絶望したような顔だったので、私はしばらくそのまま放っておいてやることにしました。フォシェルのインタビューが終わると、スウェーデンの学校についてのニュースが始まって、あの取り澄ました金持ち女がまた出てきてね」

「取り澄ました金持ち女とは？」

　ソーニャ・ムーディグは苛立ちが高まるのを感じた。

「あのリンドースとかいう女ですよ。まったく、高慢ちきにもほどがある。まあとにかく、物乞いのやつはこの女のことも凝視していました。まるで天使を見たみたいな顔になって、『とても、とてもきれいな女性。この人もフォシェルに反対か？』と言いました。私は、さっきのとこれとは何の関係もないのだと説明したんですが、あいつはわかっていない様子でした。すっかり興奮状態で、やがて店を出ていきました」

「でも、また戻ってきたんですね？」

「毎日、閉店まぎわの同じ時間に戻ってきましたよ。一週間ぐらい続いたかな。店の外に立って中を凝視していて、通りかかった人たちに、ジャーナリストとかそういう、電話して話のできそうな相手は誰かいないか、と訊いてまわっていた。結局、私はもう我慢できなくなって、警察に連絡したんですよ。当然、相手にしちゃくれませんでしたがね」

「じゃあ、その人のことは、名前も何も、いっさいわからなかったんですね？」

「サーダーとかいう名前だと言っていましたよ」

「サーダー？」

「ある日の夕方、追い払おうとしたらそう言っていました。『おれ、サーダーだぞ』って」

「それはありがたい情報です」とソーニャ・ムーディグは言い、礼を言って店を出ると、マリアトリエット広場へ向かった。

地下鉄で警察本部の最寄り駅、フリードヘムスプラン駅へ向かうあいだ、サーダーで検索してみた。古いペルシャ語で、王子、貴族などを意味し、そうでなくとも何かのグループや部族などのリーダーを指す言葉だという。中東や中央アジア、南アジアで使われている言葉だということだった。Sardarという綴り(つづ)りのほかに、Sirdar、Sardaar、Serdarなどといった綴りもある。王子ねえ、とソーニャ・ムーディグは考えた。物乞いの服を身にまとった王子。そうだとしたら、なんともドラマチックだ。だが、現実の人生は、おとぎ話とは似ても似つかない。


なかなか出発できなかった。リスベット・サランデルの足取りをまったくつかめていないから、というだけではない。元GRU工作員のイヴァン・ガリノフが、ほかのことで忙しかったからだ。カミラは何としても彼を連れていきたかった。ガリノフは六十三歳、高い教育を受け、長年にわたって諜報や潜入工作の経験を積んできた男だ。

ガリノフは多言語話者でもあった。十一カ国語を流暢(りゅうちょう)に話し、さまざまな方言や訛(なま)りを使い分けることもできる。イギリス、フランス、ドイツではネイティブスピーカーと変わらない。どことなく鳥のような顔立ちをしているが、洗練された見目のよい男であることは確かだ。背が高く細身で、背筋はぴんと伸び、全体的に銀髪でもみあげは白く、つねに騎士のような礼儀正しい態度をくずさない。それでもなお恐怖心をかきたてる男だ。彼の経歴についてはさまざまな伝説があり、それが彼の個性に付け加わって、体の延長のようになっている。

そういった伝説のひとつが、彼がチェチェン紛争で失った片目の話だ。代わりに入れたエナメルの義眼は、市場にある中で最も高品質だと言われている。その伝説によれば——もっとも、この話には、銀行の借り入れ担当主任を主人公にした古いジョークという元ネタがあるのだが——どちらの目が本物でどちらが義眼か、誰も言い当てることができなかったのだが、ある日ガリノフの部下が〝ほんのひとすじ人間らしさの見える目のほうがエナメル製〟という単純な真実に気づいた、ということだった。

ホディンカのGRU本部庁舎地下二階にある火葬場にまつわる伝説もあった。ガリノフはそこに、機密資料をイギリスに売った同僚を連れていき、生きたまま炎に放り込んで焼き殺したのだという。敵を拷問にかけるとき、彼はゆっくりと動くようになり、まばたきすらしなくなる、とも言われていた。そうした伝説の大半はおそらく、単なるたわごと、神話化された誇張にすぎない。カミラも自分の要求を通すため、こうした伝説の力を利用させてもらってきた。とはいえ、彼女がガリノフを味方にしておきたがる理由は、それとはまた別にあった。

ガリノフはカミラの父親と親しかった。彼もカミラと同じように、ザラを愛し、崇拝し、同じように裏切られ、その経験でふたりは分かちがたく結びついた。カミラはガリノフに、残酷さよりも理解の深さ、父親のような思いやりを感じる。彼女にとっては、どちらの目が本物かを言い当てるのは難しくも何ともなかった。ガリノフは彼女に、過去を乗り越えて前進することを教えてくれた。カミラはわりに最近、ザラチェンコが亡命してスウェーデンへ渡ったことでガリノフがどれほど打ちのめされたかを知り、彼にこう尋ねた。

「どうやって生き延びたの？」

「きみと同じ方法でだよ、キーラ」

「わたしはどうやって生き延びたの？」

「彼のようになることで、だ」

その言葉を、カミラはいまも忘れていない。恐ろしいが、同時に力も与えてくれる言葉だ。今回のように過去にさいなまれる時が来ると、彼女はしばしばガリノフをそばに置きたがった。彼の前なら弱いところも見せられる。この現代においてカミラの涙を目にしたことがあるのはガリノフだけだ。プライベートジェット機でストックホルムのアーランダ空港に向かっているいまも、彼女はガリノフの微笑を求めた。
「いっしょに来てくれてありがとう」
「あいつを必ず見つけ出そう、キーラ。必ずつかまえるぞ」とガリノフは答え、カミラの手をやさしく撫でた。

リスベットは、カミラとその取り巻き連中が車で空港へ向かうのを見たあと、いつのまにか就寝していたらしい。目覚めるとベッドにいて、枕元のテーブルに書き置きがあり、パウリーナが朝食に出たことがわかった。時刻は十一時十分だった。朝食の時間はもう終わっているので、リスベットは自室にとどまったが、ミニバーのジャンクフードを食べつくしてしまったことを思い出して悪態をついた。水道水を飲み、パソコンのまわりに落ちていたポテトチップスのくずを食べた。それからシャワーを浴び、ジーンズと黒いTシャツを着て机に向かい、メールをチェックした。十ギガバイト以上あるファイルがふたつ送られてきている。法医学者フレドリカ・ニーマンのメッセージが添えられていた。

どうも、私も馬鹿ではありませんので、全ゲノムシークエンスの要請は当然済んでいました。今朝（けさ）、その結果が送られてきました。バイオインフォマティクス技術者がどこまでていねいにやってくれたかはわかりません。が、珍しいところがいくつかマークされていました。うちにももちろん専門家がおりますが、加えてあなたにご覧いただいても損はないかと思います。注釈入りの加工済みファイルと、生データで直接作業なさりたい場合にそなえて、ＦａｓｔＱ形式のファイルもお送りします。

早めにお返事いただければ助かります。

Ｆ

行間に漂う怒りや苛立ちに、リスベットはまったく気づかなかった。あまり集中して読んでもいなかった。ちょうど同時に、カミラがいまスウェーデンにいて、アーランダ空港からストックホルム市街地へ向かう高速Ｅ４号線を進んでいる、という情報が入ってきたのだ。リスベットは両手の拳を握りしめ、自分もいますぐストックホルムへ行くべきなのではないかと考えた。だが、そのまま机の前にとどまり、フレドリカ・ニーマンが送ってきたファイルを開いて、漫然とスクロールした。マイクロフィルムの画像がちらちらと目の前を流れていくのに似ていた。やっぱり、無視してしまおうか？

だが、これからの行動計画が定まるまでのあいだ、これを見ていてもべつにかまわないだろう、と考えた。そこでファイルに目を通しはじめた。こうなると彼女は非凡である。

それは昔からはっきりしていた。

リスベットには、内容にまったくまとまりのない書類であっても、その概要をあっという間に把握する能力がある。したがって、ニーマン医師が察したとおり、生データで直接作業するほうが好きだった。他人の視点やメモに惑わされたくない。SAMtoolsというプログラムを使って、情報をBAMファイルと呼ばれるものに変換した。人ひとりのゲノム情報がすべて詰まっているドキュメント。けっして少ない量ではない。

ある意味、桁(けた)はずれに長い暗号のようなものだ。それはA、C、G、Tの四文字――アデニン、シトシン、グアニン、チミンの四種類の塩基で成り立っている。一見しただけでは不可解な文字の塊にしか見えない。が、人ひとりの生命がこの中に隠されている。リスベットはまず、インデックスの検索やグラフの検証を通じて、通常とは異なる部分、何であれ珍しいと思える部分を探した。それから、BAMファイルを見るためのゲノムブラウザIGVを開き、ランダムに選び出したほかの人々のDNAシークエンスと比較した。他人のデータは、世界中から遺伝子情報を集めている〈一〇〇〇人ゲノムプロジェクト〉で見つけたものだ。すると、ある特異な点が見つかった。体のヘモグロビン生産を調節する〝EPAS1〟という遺伝子に、独特の遺伝子多型がみられたのだ。

一見してそうとわかるほどに違っていて、リスベットはすぐにデータベース〈PubM

ed〉で情報を検索してみた。ほどなく悪態をつき、かぶりを振った。こんなことが本当にあるのか？　こういう結果を予測していなかったわけではない。が、こんなにも早くはっきりするとは思っていなかった。作業に没頭しきっていて、ストックホルムにいる妹のことすら忘れていた。パウリーナが帰ってきて「ただいま」と呼びかけ、バスルームに入っていったことにも気づかなかった。

リスベットはすっかり夢中になり、EPAS1遺伝子のこの変異について、さらに情報を集めた。この変異は、きわめて珍しいというだけではない。壮大な歴史と背景があり、さかのぼれば四万年前に絶滅したヒト属の一種、デニソワ人にまでたどり着く。

デニソワ人は長いあいだ、科学の世界でもまったく知られていなかったが、二〇〇八年にロシア人の考古学者グループが、シベリアのアルタイ山脈にあるデニソワ洞窟で女性の骨片と歯を発見したことで、解明が進んだ。こうして、デニソワ人がかつて南アジアで現生人類ホモ・サピエンスと交雑したこと、その遺伝子の一部が現代の人々にも伝わっていることがわかった。この変異型EPAS1もそのひとつだ。

この遺伝子を持っている人は、酸素の少ない環境であっても体を適応させることができる。血が薄くなり、血液の循環が速くなるので、血栓や浮腫のリスクが低くなる。酸素の薄い高地で暮らし、活動する人々には、たいへん有利な変異型だ。そしてこれは、物乞いの怪我（けが）の痕（あと）、手足の指が欠けていた事実、炭素13の分析結果から、リスベットが最初に立てた仮説とも矛盾しない。

だが、ここまであからさまな状況証拠が得られたにもかかわらず、リスベットはまだ確信を持てずにいた。この変異型は確かに珍しいが、それでも世界各地に分布している。そこで、物乞いのY染色体DNAとミトコンドリアDNAを調べ、彼がハプログループC4a3b1に属していることを突きとめた。そのグループについて確認してみると、残っていた疑念は霧散した。

このグループは、ネパールやチベットの高地、ヒマラヤ山麓で暮らしている人々にしかみられない。彼らは多くの場合、登山隊のポーターあるいはガイドとして働いている。

男は、シェルパだった。

第二部　山の民

シェルパは、ネパールのヒマラヤ山脈に暮らす民族だ。

その多くは山岳ガイド、あるいはポーターとして働いている。

大多数が、仏教の古い宗派であるニンマ派を信仰し、山には神々や精霊が住んでいると信じている。神々は、宗教儀式によって崇(あが)められ、褒(ほ)め称(たた)えられなければならない。

ラワと呼ばれるシャーマンは、病気になったり事故に遭ったりしたシェルパを治療できるとされる。

第十二章

八月二十五日

海のほうでは強い風が吹いている。ミカエルはサンドハムンの別荘でパソコンに向かい、あてもなくネットサーフィンを続けているが、気がつけば何度もヨハネス・フォシェルについての情報に引き寄せられていた。夏になると、ここの食料品店や港でフォシェルと鉢合わせすることがたまにある。インタビューをしたことも一度ある。三年前の二〇一七年十月、フォシェルが国防大臣になったばかりのころだ。壁にいくつも地図の貼られた広い部屋で待っていると、フォシェルがパーティーに到着した陽気な少年よろしく、戸口からひょいと顔を出したのを覚えている。

「ミカエル」と彼は呼びかけた。「すごい、これは嬉しいな」

政治家がこんなふうに挨拶してくるのは稀なことで、こちらにおもねろうとしているだけだと解釈するべきだったのかもしれない。だが、フォシェルの態度には真に熱がこもっていて、心からそう言っているのだと思わせる何かがあった。インタビューがどんなに刺激的だったかも覚えている。フォシェルは頭の回転が早く、知識も豊富で、質問にはきちんと答えてくれた。党派政治にかまけているのではなく、本気で関心を寄せているように見えた。そうはいっても、何より印象に残っているのはデニッシュだった。ふたりの前に、デニッシュのどっさり載った皿が置いてあったのだが、フォシェルは菓子パンなど食べそうには見えなかったからだ。

背が高く引き締まった、モデルと見まごうほどに模範的な体の持ち主なのだ。毎朝五キロ走り、腕立て伏せを二百回していると言っていたし、だらしのないところは微塵もなかった。ひょっとするとあのデニッシュは、人間らしい弱さを演出しようとした結果なのかもしれない。エリートが無理をしてふつうの人を装う。彼は『アフトンブラーデット』紙のインタビューで、昔からユーロビジョン・ソング・コンテストの大ファンだ、と語ったが、その後コンテストについて質問されても何も答えられなかった、ということがあった。それと同じだ。

ミカエルとヨハネス・フォシェルは同じ歳だと判明したが、どう見てもフォシェルのほうが若く見えた。どこの健康診断でも彼のほうが褒められることは間違いない。エネルギッシュで、楽観的で、きらきら輝いているようなのだ。「世界の見通しは暗いように思われますが、それでも前に進んではいるんですよ。戦争は減っています。そのことを忘れちゃいけない」と彼は言い、ミカエルにスティーヴン・ピンカーの本をくれた。あれは未読のままどこかに置いてあるはずだ。

ヨハネス・フォシェルはエステルスンド生まれ。家族は自営業で、スキーリゾート地のオーレでペンションや貸別荘を経営していた。ヨハネスは早いうちから優等生で、クロスカントリースキーの選手としても将来を嘱望されていた。ソレフテオのスキー専科高校を出て、徴兵検査を受けたのちは国防軍の通訳学校に入り、ロシア語を学んで諜報員となった。軍情報局で過ごした年月は、当然のことながら、彼の経歴の中でもとりわけ謎に包まれた時期だ。だが、どうやらGRUのスウェーデンでの動きについて調べる仕事をしていたらしい。二〇〇八年の晩秋、スウェーデン大使館に属する形でロシアに滞在していたフォシェルが、ロシアから国外追放になるという出来事があったが、その際に誰かが『ガーディアン』紙に漏らした情報では、そのような仕事内容がほのめかされていた。

その翌年の二月、フォシェルの父親が亡くなり、フォシェルは諜報の仕事を辞めて家業を継いだ。すると、家族経営の会社が、あっという間に大企業コンツェルンへと変貌を遂げた。フォシェルはスキー場のあるオーレ、セーレン、ヴェムダーレン、ヤルヴセーに加え、ノルウェーのヤイロとリレハンメルにもホテルを建てた。そしてこの会社を二〇一五年、二億クローナ近い金額でドイツの旅行関連企業コンツェルンに売却した。とはいえ、オーレとアビスコでの事業には、わずかながらも引き続き関与していた。

同じ年、フォシェルは社会民主党に入党し、政治家としての経験がないにもかかわらず、エステルスンド市執行部の委員に選ばれた。その行動力に加え、地元サッカーチームの熱烈なサポーターであることが広く知られて、またたく間に人気者となった。そして気がつけば国防大臣にまでなっていた。就任からしばらくのあいだは、またとない人選、政府のイメージアップ戦略は大成功、とみられていた。

ヨハネス・フォシェルは、英雄、冒険家のイメージで通っていた。その根拠はもちろん、彼が仕事のかたわらなしとげたふたつの偉業だ。二〇〇二年の夏にドーヴァー海峡を泳いで横断したことと、その六年後、二〇〇八年五月にエベレストに登頂したこと。だが、やがて風向きが変わった。節目となった日付もほぼはっきりしている。外国人排斥を掲げるスウェーデン民主党の選挙運動を、ロシアがひそかに支援していた、とフォシェルが断言した日だ。

以来、フォシェルが悪意に満ちた攻撃を受けることが多くなった。とはいえ、そのあとに彼を待ち受けていたのは、これとはまったく比較にならない規模の攻撃だった。六月、株価の暴落を受けて、彼に関するフェイクニュースが次々と拡散されたのだ。とくに彼の妻、ノルウェー出身のレベッカには同情を禁じえない。『ダーゲンス・ニューヘーテル』紙のインタビューに応じた彼女は、こうしたフェイクニュースを拡散する連中を〝恥知らず〟と呼び、夫妻の子どもふたりにもボディガードをつけるはめになったことを明かした。敵意むき出しの張りつめた雰囲気がフォシェルの周囲に立ちこめ、語気は激しくなっていく一方だった。

最近の写真を見ると、フォシェルはもはや無尽蔵のエネルギーを秘めた男には見えない。疲れ、やつれた様子だ。先週の金曜日には追加で一週間の休暇を取ったことが報じられ、ついにまいってしまったのではないかと噂されている。そんなわけで、どんな面から考えてみても、ミカエルはフォシェルに同情せずにはいられなかった。だが、これから彼とあの物乞いとのつながり、軍事史の専門家マッツ・サビーンとのつながりについて調べようというときに、このような姿勢で臨むのは愚かなことかもしれない。

フォシェルが実はただのやる気に満ちた優等生ではない、という可能性も充分にあるのでは？　彼に対するバッシングの中には、ドーヴァー海峡を泳いで横断したというが、実は途中でしばらく手漕ぎボートに乗っていた、などという話もあった。本当はエベレストに登頂していない、という噂ももちろん流れている。だがミカエルは、こうした中傷に、根拠をひとつも見つけることができなかった。もっとも、フォシェルがエベレストに登頂した際、ある意味ギリシャ悲劇じみたドラマがあったことは事実だ。ひどく混沌とした出来事で、それについては無数の記事が書かれているのに、はっきりしたことは何もわからないままだった。

だが、このドラマの主人公はフォシェルではない。彼は中心から遠く離れたところにいた。悲劇の中心は、同じエベレスト登山隊にいた華々しいアメリカ人の大富豪クララ・エンゲルマンと、ガイドを務めていたヴィクトル・グランキンが、標高八千三百メートルのあたりで亡くなったことだった。というわけで、ミカエルはこの件にはあまり深入りせず、代わりにフォシェルの諜報員としての経歴をもっと調べることにした。

もちろん、フォシェルが諜報員だったという事実自体、本来なら機密情報であるべきだったが、彼がロシアから追放された際に情報が漏れた。いま吹き荒れている誹謗中傷の嵐の中にも当然、これに関する実にばかばかしい噂が含まれている。だが、国防軍を率いるラーシュ・グラナート最高司令官は、フォシェルのモスクワでの振る舞いが〝高潔そのものだった〟との立場をいっさいくずしていない。

とはいえ、これ以外に調査の足がかりとなりそうな事実はほとんどなく、最終的にミカエルはこの線もあきらめた。さしあたり、ヨハネスとレベッカ・フォシェル夫妻にはサミュエル（十一歳）とヨナタン（九歳）というふたりの息子がいる、ということはわかった。一家はストックホルム郊外のストックスンドに住んでいるが、サンドハムンのあるサンド島の南東部に別荘を持ってもいる。ミカエルの別荘からもさほど遠くないところだ。もしかすると、いまもそこにいるのでは？

ミカエルはフォシェルの私用の電話番号をもらっている。「何か訊きたいことがあれば、いつでも電話してくれてかまいませんよ」と、あの誰にも真似のできない口調でフォシェルに言われた。だが、いま彼の邪魔をする理由があるとも思えない。むしろこの件そのものを忘れて昼寝でもしたほうがいいのではないか。とにかく疲労困憊していたのだから。だが、それでもミカエルは休まない。ブブランスキー警部に電話をかけ、またリスベットの件を話し合い、例の物乞いがマッツ・サビーンの話をしていた可能性があることも伝えた。が、念のため、こう付け加えておいた。

「まあ、関係ないと思いますけどね」

白いバスローブ姿でホテルのバスルームを出たパウリーナ・ミュラーは、リスベットがいまだパソコンに没頭しているのを目にして、彼女の肩にそっと手を置いた。モスクワ郊外の大邸宅をじっと見下ろすのはもうやめたらしい。代わりに、何かの記事を読んでいる。いつもながらパウリーナには追いつけない速度だ。こんなに速くものを読める人には初めて出会った。文章が画面にちらりと映っただけで、あっという間に消えていく。

それでも、いくつか見えた単語があり……〝デニソワ人のゲノムと、一部の南アジア人のゲノムが〟……興味を惹かれた。『GEO』誌で働いていたころ、ホモ・サピエンスの起源と、ネアンデルタール人やデニソワ人との縁戚関係について、記事を書いたことがあるのだ。パウリーナは口を開いた。

「その話なら、わたし、記事を書いたことあるよ」

ところがリスベットからの返事はなく、パウリーナは大いに苛立った。リスベットがここでの費用をすべて払い、彼女を守ってくれていることは事実だが、それでもひとりきりで放置され、蚊帳の外に置かれているとしばしば感じる。リスベットが何も言わないのも、延々とパソコンの前に座っているだけなのも耐えがたい。とりわけ夜にそれをやられると頭がおかしくなりそうだ。そうでなくても夜はつらいのに。トーマスの暴虐のすべてが彼女の中で激しく轟き、報復を、雪辱を夢見ずにはいられない。そういうときこそ、リスベットにそばにいてほしいのに。

だが、リスベットも彼女なりの地獄を生きている。恐ろしいほどに体がこわばっていて、こちらから寄り添うのすらためらわれることもある。それに、こんなに少ない睡眠時間で、どうしてやっていけるのだろう？　パウリーナが目を覚ますといつも、リスベットは目を開けたまま隣に横たわり、廊下の物音に耳をそばだてているか、机に向かって監視カメラや衛星からの映像を見ているかのどちらかだ。パウリーナは、こんなふうに蚊帳の外に置かれつづけるのはもう耐えられない、という思いをつのらせていた。こんなにも付かず離れずで暮らしているのに。ときどき大声で叫びたくなる。〝誰に追われてるわけ？　あんた、いったい何をやってるの？〟

パウリーナはこう言った。

「何してるの？」

今回も返事はなかった。が、少なくともリスベットは振り返り、こちらをちらりと見た。手を差しのべているように見えなくもないまなざしだった。その瞳には、これまでとは違う、もっと穏やかな光が宿っていた。

「何してるの？」とパウリーナはまた尋ねた。

「ある男の身元を突きとめようとしてる」とリスベットは答えた。

「ある男？」

「シェルパで、歳は五十代、もう死んだけど、たぶんネパール北東部、クンブ谷の出身。インドのシッキムやダージリンの出身の可能性もあるけど、おそらくネパール、それもナムチェバザールの周辺と考えたほうが自然。東チベットの血を引いてる。子どものころは、極端に脂肪分の少ない食事をしてたみたい」とリスベットは答えた。リスベットにしてはひとつの講演に匹敵（ひってき）するほど長い答えだ。パウリーナは顔を輝かせ、隣の椅子に腰を下ろした。

「ほかにわかってることは？」

「この男のDNAと、司法解剖報告書がある。体に残ってた怪我（けが）の痕（あと）からして、山岳ガイドかポーターだったことは間違いないと思う。たぶん、とても有能な人だった」

「どうしてそう思うの？」

「タイプ1の筋線維がふつうよりずっと多いから、あまりエネルギーを消費せずに重い荷物を運ぶことができたはず。でも何よりの根拠は、血中ヘモグロビン値を調節する遺伝子。このおかげで、酸素の薄い環境でもエネルギーやスタミナをあまり失わずにいられた。それで、何か悲惨な出来事に巻き込まれたんだと思う。深刻な凍傷や断裂の跡があった。手足の指が何本も切断されてた」

「Y染色体のデータはある？」

「全ゲノムデータがある」

「じゃあ、〈Ｙ‐ｆｕｌｌ〉で調べてみたら？」

パウリーナはわずか一年前に、この〈Ｙ‐ｆｕｌｌ〉についての記事を書いたばかりだった。数学者や生物学者、プログラマーを擁したロシアの企業で、世界中の人々のＹ染色体ＤＮＡを収集している。その中には、学術研究に参加した人もいれば、自分のルーツについてもっと知りたいと、自らＤＮＡサンプルを提出してきた人もいる。

「〈ファミリーツリー〉と〈アンセストリー〉は調べてみようと思ってたけど、〈Ｙ‐ｆｕｌｌ〉って言った？」

「そこがいちばんいいと思う。あんたみたいな人たちがやってる企業よ。救いようのないオタクの集まり」

「なるほど」とリスベットは言った。「でも、うまくいくとは思えない」

「どうして？」

「この男が属してるグループは、そう頻繁にＤＮＡ検査される人たちじゃないと思うから」

「どこかの学術論文に、親戚のデータが残ってるかもしれないでしょう？　シェルパがどうして高所登山に向いてるかについては、かなりたくさんの研究がされてきたはずだし」

とパウリーナは言った。にわかに貢献できるようになった気がして誇らしかった。

「確かに」リスベットはどこか上の空だった。

「それに、人口も少ないでしょう?」

「シェルパは全世界に二万人強しかいない」

「じゃあ、やってみましょうよ」とパウリーナは言った。ひょっとしたらいっしょに試せるのでは、とすら願っていた。

ところが、リスベットはパソコンに向かうと、まったく別のリンクを開いた。ストックホルムの地図のように見える。

「この件、どうしてあなたにとって大事なの?」

「べつに大事じゃない」

リスベットのまなざしがまた険しくなる。パウリーナは気まずくなって立ち上がり、黙ったまま服を着た。リスベットを置いてまた街へ出かけ、プラハ城のある丘のほうへ上がっていった。

第十三章

八月二十五日

　レベッカ・フォシェルが――当時はまだレーヴという旧姓を名乗っていたが――ヨハネスに惹かれたのは、彼の強さ、明るさが原因だった。レベッカは、ガイドのヴィクトル・グランキン率いるエベレスト登山隊に医師として同行していたが、しばらくはその仕事に疑問を抱いていたし、登山隊に向けられた批判も気になっていた。あのころはもう何年も、エベレスト登山の商業化が問題になっていたのだ。

　ポルシェを買うのと似た感覚で、エベレスト登頂の権利を金で買う連中がいる、と批判されていた。そういう人々は、登山のクリーンなイメージを汚しているとみられただけではない。彼らのせいでエベレスト登山の危険性が増したとも言われていて、レベッカも実際、登山隊メンバーの多くがあまりに経験不足なのを心配していた。その中でもとくに心配だったのが、ヨハネスだったかもしれない。彼は標高五千メートルを超える山に登ったことすらなかった。

だが、ベースキャンプに到着してみると、ほかの人たちが咳や頭痛に苦しみ、本当に登頂できるのかと自信を失いはじめた中で、誰よりも安心して見ていられたのがヨハネスだった。彼は氷堆石（ひょうたいせき）の上を跳ねるように歩きまわり、そこにいる全員と親しくなった。現地の人たちも例外ではなかった。ヨハネスが彼らに敬意を持って接しつつ、それでいてよそよそしくはない態度をとっていたからかもしれない。現地の人たちのこともほかのメンバーと同じようにからかい、笑い声を上げ、ジョークをとばしていた。

彼はまったく彼らしく過ごしていて、裏表のない誠実な人と評価されていた。だがレベッカは、本当にそうなのだろうか、と思っていた。むしろ、意識して世界の明るい面だけを見ようと決めている理知的な人なのではないか。とはいえ、それでヨハネスのイメージが悪くなったわけではなく、むしろ逆で、何も考えずに彼とどこかへ飛び出していって、人生をめいっぱい楽しみたい、という思いによくかられた。

クララとヴィクトルが亡くなって、ヨハネスが激しく落ち込んでいたことは事実だ。どういうわけか、彼はあの悲劇に誰よりショックを受けていた。

そうして暗澹（あんたん）たる日々を送っていたが、やがて明るくエネルギッシュな彼に戻った。レベッカをパリとバルセロナに連れていってくれて、翌年四月、ヨハネスの父親が亡くなってまだ数カ月しか経っていなかったが、ふたりはエステルスンドで結婚した。レベッカはノルウェーのベルゲンにあった自宅を引き払った。戻りたいと思ったことは一度もない。エステルスンドもオーレも気に入っている。スキーが好きだし、何よりヨハネスを愛している。彼の企業がどんどん大きくなり、人々が彼に惹きつけられていくのを見ても、当然だとしか思わなかったし、資産家となった彼が大臣になったときすら驚きはしなかった。とにかく才気の塊なのだ。休むことなく走りながら、同時に物事をじっくり考えることができるらしい。レベッカはごく稀に、ヨハネスに腹を立てることがあったが、その原因がまさにこれだった。ヨハネスは立ち止まることがない。どんな問題も、腕まくりをしてもう少し頑張れば解決できると考えていて、息子たちに過ぎた頑張りを求めることも多い。「もっとできるはずだぞ」が口癖で、励ましの態度をくずさないが、その一方で、時間を割いてレベッカの悩みに耳を傾けてくれることはめったになかった。

たいていは彼女にキスをして、〝大丈夫だ、ベッカ、きみなら乗り切れる〟と言っておしまいだった。ヨハネスはどんどん忙しくなっていった。もちろん大臣になってからはとくにそうで、未明まで仕事をしていることも多いのに、それでも早くに起きて五キロのジョギングをし、〝ネイビーシールズ〟と本人が呼んでいる自重トレーニングを欠かさない。

常人とは思えないテンポだ。が、本人はそういう暮らしが気に入っているのだろう、とレベッカは思っていた。風向きが変わり、高い評価が憎しみに転じても、本人はさほど気にしていないにちがいない、とも思っていた。

気にしているのはむしろ彼女のほうだった。まるで何かの強迫観念のように、朝晩ヨハネスの名前をグーグルで検索しては、不愉快きわまりない内容のスレッド、誹謗(ひぼう)中傷をじっくり読み込んでしまう。ひどく気分が落ち込んでいるときには、何もかも自分のせいなのではないかとすら思った。自分がユダヤ人だからなのではないか。いわゆるアーリア人の模範のような外見をしているヨハネスにすら、反ユダヤ的な罵詈(ばり)雑言(ぞうごん)が投げつけられているのだから。それでも、ヨハネス本人は長らく楽観的で、そうしたバッシングも一蹴するだけだった。

「ぼくたちはこれで強くなれるよ、ベッカ、じきに風向きがまた変わる」

だが、さすがのヨハネスも、ついに嘘に蝕(むしば)まれはじめたようだ。とはいえ、文句を言ったり愚痴(ぐち)をこぼしたりしているわけではない。その旺盛な意欲は、まるで自動操縦状態のように持続している。だが金曜日、彼は何の説明もなくいきなり一週間の休暇を取った。部下たちは気が気でないだろう。そうしていま、夫妻はサンド島の海辺の広い別荘に来ている。息子たちはヨハネスの母が預かってくれているが、ボディガードはサンド島に同行していて、レベッカは彼らとつねに話し合い、その面倒をみている。ヨハネスは二階の書斎にこもりきりだ。きのう、電話で大声を出しているのが聞こえた。今朝はいつものトレーニングすらしていなかった。黙ったまま朝食をとり、また二階にこもってしまった。

何かが根本的におかしい。そう思えてならなかった。外では風が強まっている。レベッカはキッチンに立ち、フェタチーズと松の実を入れたビーツのサラダを作った。もうすぐ昼食の時間だが、ヨハネスに声をかけることすらためらわれる。

それでも彼女は二階へ上がり、うっかりノックをせずにヨハネスの部屋に入ってしまった。すると彼はあわてた様子で書類を何枚か片づけた。彼がこんな怪しげな動きをしなければ、レベッカがその書類に目を向けることもなかっただろう。が、見えてしまった。精神科病院のカルテ。妙だ、と思ったが、安全のため部下の身辺チェックでもしているのかもしれないと思い直し、いつもどおりの笑みをうかべてみせた。

「何か用？」とヨハネスが言った。

「お昼、できたよ」

「腹が減ってない」

〃ふざけないでよ、いつもお腹を空かせてるじゃないの〃とレベッカは怒鳴りたくなった。

「何があったの？」と尋ねてみる。

「べつに、何も」

「嘘つかないで。何かあったって、見ればわかる」

レベッカの体内で、怒りがどくどくと脈打った。

「何もないって言ってるだろ」

「ねえ、病気なの？」

「どういう意味だ？」

「カルテを読んでたじゃない。疑問に思って当然でしょ」レベッカはそう吐き捨てた。これが大きな間違いだった。

すぐにそうとわかった。ヨハネスが苦悩に満ちたまなざしを向けてきて、レベッカは心底恐ろしくなった。ごめんなさい、とつぶやいて部屋を出ていく。いまにも膝が折れそうだ。

〝いったい何が起きたの？〟と彼女は考えた。

〝つい最近まで、あんなに幸せだったのに〟

リスベットは、カミラがストックホルム、ストランド通りのマンションにいることを把握している。カミラの手下のハッカー、ユーリー・ボグダノフと、元GRU工作員の悪党、イヴァン・ガリノフが、彼女に同行していることも知っている。そして、こちらから行動を起こさなければならない、ともわかっている。だが、どう行動すればいいかについては確信が持てないままで、もう放っておこうと決めたはずなのに、ミカエルのシェルパについての調査を続けている。一種の現実逃避だろうか。自分でもよくわからない。いずれにせよ、ブラウザでＢＡＭファイルを閲覧すると、そのセグメントに目を引く遺伝子マーカーが六十七見つかった。それらをひとつひとつ検証していくと、父方の血筋のハプログループも突きとめることができた。

Ｄ－Ｍ１７４というグループで、これもひじょうに珍しい。これは状況によっては好都合であり、その逆でもありそうだ。リスベットは、パウリーナが教えてくれたＤＮＡシークエンシング企業、モスクワの〈Ｙ－ｆｕｌｌ〉の検索エンジンでこのグループを検索し、待った。なかなか結果が出ない。彼女は思わず口に出した。

「何なの、この遅いくそったれ」

これで何かがわかるとは思えないし、そもそも自分が何をしているのかもよくわからない。この件はもう放っておいて、カミラに集中するべきなのに。そう思った瞬間、検索結果が出て、リスベットはひゅうと口笛を吹いた。ヒット数、二百十二件。名字の数は百五十六に及んでいる。予想したよりもいい結果だ。リスベットは目を閉じて、頬を何度かパンパンとたたいてから、すべてに目を通し、セグメントにあったほかの珍しい変異についても調べを進めた。すると、ひっきりなしに現われる名前がひとつあった。まったくそぐわない名前なのに、何度も何度も出てくるのだ。ロバート・カーソン、米国コロラド州デンバー在住、とのことだった。

確かに、ややアジア人ふうの容貌ではある。だが、それを除けば、どこからどう見てもアメリカ人そのものだ。マラソンランナーで、スキーの回転競技の選手で、デンバーにある大学で地質学を研究している。四十二歳、三児の父で、民主党に所属して政治活動をしている。シアトルの学校で起きた銃乱射事件の現場に長男が居合わせたことから、全米ライフル協会(NRA)に強硬に反対してもいる。

そのロバート・カーソンは、自分の先祖について調べるのが趣味らしく、二年前に大掛かりなY染色体分析を受けていた。その際に、EPAS1に例の物乞いと同じ変異が見つかったのだ。

〝私はスーパー遺伝子の持ち主です〟。カーソンは〈アンセストリー〉が運営するウェブサイト rootsweb.ancestry.com にそう投稿している。添えられた写真の彼はツナギ姿で、アイスホッケーチーム〈コロラド・アバランチ〉の帽子をかぶり、ロッキー山脈を流れる小川のそばで、いかにも楽しげに力こぶを作ってみせている。

彼の語るところによれば、父方の祖父、ダワ・ドルジェは、エベレストにほど近い南チベットに住んでいたが、中国がチベットを制圧したあとの一九五一年に故郷を逃れ、ネパールのクンブ谷、有名なタンボチェ僧院のそばで暮らす親戚のもとへ移り住んだ。インターネット上に、彼がエドモンド・ヒラリー卿と写っている写真がある。クンデ村に病院が開設された際の写真だ。ダワ・ドルジェは六人の子どもに恵まれ、そのひとりがロブサンだった。〝奔放で、美男子で、なんとローリング・ストーンズの大ファンでもあった〟とロバート・カーソンは書いている。

彼はこう続けていた。

〝私は結局、ロブサンに会うことはなかった。だが、母が教えてくれたところによると、彼は登山隊の中で誰よりも力強いクライマーであり、美しさやカリスマ性も群を抜いていたという（もっとも、この点について、母に客観的な判断はできない。私も同罪だ）。〟

ロブサン・ドルジェは一九七六年九月、西稜ルートでエベレスト登頂をめざすイギリスの登山隊に参加したらしい。この隊には、アメリカ人女性、クリスティーン・カーソンもいた。鳥類学者で、ベースキャンプに向かうあいだ、ヒマラヤ山麓の鳥類の研究をしていた。テーマは〝スズメ目の多様性〟。クリスティーン・カーソンは当時四十歳、未婚で子どもはなく、ミシガンの大学で教授を務めていた。ベースキャンプに到着した彼女はすささまじい吐き気と頭痛に襲われ、ナムチェバザールに戻って病院に行くことを決めた。そして九月九日、ロブサン・ドルジェを含む登山隊のメンバー六名が頂上近くで命を落としたことを知らされた。

帰国した彼女は、ロブサン・ドルジェの子をみごもっていた。これは当時、かなりデリケートな問題だったらしい。ロブサンはわずか十九歳、クリスティーンより二十一歳年下で、しかもクンブ谷に許嫁（いいなずけ）がいた。それでもクリスティーンは出産を決め、一九七七年四月、ミシガン州アナーバーでロバートを産んだ。遺伝子の組み合わせというのは、ある程度までは偶然の産物なので、断言することはできないが、それでもこのロバート・カーソンと例の物乞いが三従兄弟（みいとこ）または四従兄弟（よいとこ）である可能性は高そうだ。つまり共通の祖先が十九世紀に生きていたということで、かなり昔の話ではあるが、ミカエルならきっと穴を埋めることができるだろうとリスベットは考えた。ロバート・カーソンがこの件に関心を抱いているうえ、陽気でおしゃべりな男のようだからなおさらだ。彼が昨年、クンブ谷に住む父方の親戚に会ったときの写真も見つかった。

リスベットはミカエルにこう書いた。

あなたが調べてる男はシェルパ。おそらくネパールで山岳ガイドかポーターをやってた。ローツェ、エベレスト、カンチェンジュンガ、たぶんそのあたり。デンバーに親戚がいる。添付はそれに関する情報。トロール工場についての記事の見直しはしないの？

最後の一文は削除した。仕事をどう進めるかはミカエルの責任だ。メッセージを送信すると、パウリーナを探しに出かけた。

ヤン・ブブランスキーはソーニャ・ムーディグと連れ立ってノール・メーラルストランド通りを歩いている。彼の中で最近、歩きながらミーティングをするのがブームなのだ。〝歩いているときのほうが、考えがまとまる気がする〟というのが本人の説明である。とはいえ、本当のところは、肥満をどうにかして体調を整えたいというのがおもな理由だろう。

近ごろは少し体を動かしただけで息が切れ、ソーニャの歩調に追いつくのもひと苦労だ。ふたりはあらゆることについて話し合い、ミカエルが電話で知らせてきた件にも触れた。ホルン通りの電器店に行ったときの話をソーニャから聞いて、ブブランスキーはため息をつかずにはいられなかった。どうしてみんな、そんなにフォシェルに固執するんだ？　あらゆる社会悪の原因は彼だとでも思っているのか？　フォシェルの妻がユダヤ人だから、というわけではないことを願うばかりだ。

「なるほどなあ」と彼は言った。

「なんだかわけのわからない話でしょう」

「ほかに何か、思いつく動機はあるか？」

「妬みとかでしょうか」

「そんな哀れな男を妬む理由などあるか？」

「社会の底辺にだって、妬みはありますよ」

「それはそうだが」

「ルーマニア出身の女性に話を聞きました。ミレラという名前ですが」とソーニャは続けた。「問題の男は、あの界隈にいる物乞いの誰よりも多く施しをもらっていたそうです。どことなく堂々とした態度なので、人がお金をあげようという気になりやすかった、と。それで、あの界隈に長くいる人たちが苛立っていたようです」

「殺しに発展するほどの動機とは思えないが」

「そうかもしれません。でも実際、自由になるお金をそれなりに持っていたようです。ビユーシス広場のはずれにあるホットドッグの屋台や、ホルン通りの〈マクドナルド〉によく行っていたそうですし、もちろんローセンルンド通りの酒販店にも足繁く通って、ウォッカやビールを買っていました。それに……」

「何だ？」

「ヴォルマル・ユクスキュル通りのほうで、夜明けごろに何度か目撃されているようなんです。そこで密売酒を買っていた、と」

「密売酒だと？」

ブブランスキーは考えに沈んだ。

「何を考えていらっしゃるか見当はつきます」とソーニャは言った。「そこでお酒を売っている連中と話をしなければなりませんね」

「そうだな」とブブランスキーは答え、ハントヴェルカル通りへの上り坂にそなえて深く息を吸い込んだ。ふたたびフォシェルに思いを馳せる。彼の妻レベッカにはユダヤ人協会で会ったことがあり、大いに好感を抱いたものだった。

ほっそりとして背が高く、百八十五センチは間違いなく超えていて、軽く優雅な足取りで歩く女性だった。大きな褐色の瞳には、温かみと行動力の輝きがあった。それを思い出して、ブブランスキーはほんの一瞬、フォシェル夫妻への憤りも理解できなくはない、と思った。

あんなふうに、尽きることのないエネルギーを放って光り輝いている人間に、人々が怒りを感じるのも無理はない。自分が弱く、情けなく思えてくるからだ。

第十四章

八月二十五日

リスベットのメッセージを読んだミカエルは、「おいおい、ほんとかよ」とひとりつぶやいた。時刻は午後五時、落ち着かなくなって机の前から立ち上がり、海のほうに目をやった。風がまた強まっていて、暴風の中で帆走するヨットが沖合に見える。シェルパ、とミカエルは考えた。シェルパ。これには意味があるはずだ。そうだろう？

本当に国防大臣がこの件に関与しているかは怪しいにしても……無視することはできそうにない。ヨハネス・フォシェルは実際、二〇〇八年五月にエベレスト登頂を果たしているのだ。そこでミカエルは、何はともあれ今度こそ、当時の状況をとことんまで探ってみよう、と考えた。この悲劇についての資料は有り余るほどある。その理由は、すでに見たとおり、クララ・エンゲルマンにあった。

クララ・エンゲルマンはあでやかな美女で、まるでゴシップ誌のためにあつらえたような存在だった。容姿端麗で、髪を金髪に染め、唇や胸に整形手術を施していて、しかも名うての大物実業家、ニューヨークやモスクワ、サンクトペテルブルクにホテルや不動産を所有するスタン・エンゲルマンの妻でもあった。クララ自身は上流社会の出ではなく、ハンガリー出身の元モデルだ。若いころにアメリカを訪れ、ラスベガスで行なわれた〝ミス・ビキニ〟大会で優勝し、その審査員だったスタンに出会った。この物議をかもす出会いのエピソードに、もちろんタブロイド紙は大喜びで飛びついた。

ところが二〇〇八年、クララは三十六歳で、当時十二歳の娘ジュリエットの母だった。ニューヨークのセント・ジョセフス・カレッジでパブリック・リレーションズ（広報・PR活動など、組織と社会とのコミュニケーションのプロセス）を学んで学位を取り、自分だけの力でも何かをなしとげることができると周囲に示したがっていたようだ。エベレストのベースキャンプで、彼女がどんなに冷たい目で見られていたか、十年以上が経ったいまではなかなか理解しづらいものがある。確かに、『ヴォーグ』誌のサイトで公開されていたクララのブログには、彼女が流行最先端の服に身を包んだ、単なるファッション誌のようなふざけた写真も載っている。とはいえ、いまこうして当時を振り返ってみると、彼女が性差別的な視線にさらされ、見下されていたことは明らかだ。マスコミはクララを実際よりも頭の悪い、見てくれだけの女に仕立て上げ、山々や地元住民の対極にあるものとして描き出した。金にものを言わせる下品な西洋世界の象徴、大自然の清らかさとは正反対の存在、とされたわけだ。

クララ・エンゲルマンが参加していたのと同じエベレスト登山隊に、ヨハネス・フォシェルと、その友人で、いまはフォシェルのもとで政務次官を務めているスヴァンテ・リンドベリもいた。三人とも、エベレストの頂上へ連れていってもらうため、七万五千ドルを支払っていた。こうしたことも、クララが冷たい目で見られる一因だったにちがいない。当時、エベレストは虚栄心を満たしたい金持ちの巣窟と化している、と言われていた。登山隊のリーダーはロシア人のヴィクトル・グランキン、ほかはガイド三名にベースキャンプ・マネージャー一名、医師一名、シェルパ十四名という構成だった。そして、顧客は十人。彼らを頂上へ運ぶにはおおぜいの力が必要だった。

あの物乞いは、この登山隊のシェルパのひとりだったのだろうか？　ミカエルは真っ先にそう考え、起きた悲劇そのものについて詳しく調べる前に、シェルパたちの名前をひとりひとり検索してみた。この中に、その後スウェーデンに移住したり、フォシェルと特別な関係にあったりした人物がいるのでは？　調査は難航し、大半については何の情報も得られなかった。見つかった中で誰よりもつながりがありそうなのは、若いシェルパ、ジャンブ・チリだった。

彼は悲劇の三年後に、フォシェルとフランスのシャモニーで再会し、いっしょにビールを飲んでいたのだ。もちろん、そのあとに不倶戴天の敵となった可能性もなくはない。だが、インターネットに載っている写真では、ふたりとも滑稽なほどに楽しそうな顔をして親指を立てている。ミカエルが調べたかぎり、登山隊に参加していたシェルパたちの中に、フォシェルを悪く言っている者はひとりもいなかった。最近の虚偽情報拡散キャンペーンの最中、クララ・エンゲルマンが死んだのはフォシェルが登山隊のペースを遅らせたせいだ、という匿名の中傷が出まわったことは事実だが、実際にその場にいた人たちの証言はすべて一致している——登山隊の歩みを遅らせたのはむしろクララ自身で、しかも死の悲劇が起きたそのとき、フォシェルとスヴァンテ・リンドベリはすでに登山隊のもとを離れ、ふたりだけで頂上をめざしていた。

やはり、フォシェルが物乞いの事件に関与しているとは思えない、とミカエルは考えた。いや、ひょっとして、そう思いたくないだけだろうか？　自分の希望が絡んだとたん、ジャーナリストとしての調査に悪影響が及ぶこともあるから、いつも警戒しているし、警戒することが自分の仕事だとも思っている。今回は、インターネットのトロール連中の集中攻撃を浴びている人物が、ストックホルムでみじめな生活をしていた哀れな男に毒を盛ったなどとは考えたくない、という思いがある。だが、それにしても……まあ、なるようになれ、だ。

ミカエルは調査を続け、リスベットのメッセージを再読し、添付されている資料、物乞いの親戚と考えられるコロラド州在住のロバート・カーソンについての情報に目を通した。これまでの調査の影響かもしれないが、このロバート・カーソンという男は、どうもフォシェルと似たタイプであるように思える。エネルギッシュで陽気な人物だ。ミカエルはあまり深く考えず、リスベットの記した電話番号にかけてみた。

「はい、こちらボブ」と声が応えた。

ミカエルは自己紹介をしたものの、用件をどう伝えればいいかわからなくなり、まずはお世辞から入ることにした。

「インターネットで知りましたが、スーパー遺伝子をお持ちだそうですね」

ロバート・カーソンは笑い声を上げた。

「すごいでしょう？」

「ええ、本当に。お邪魔じゃないといいんですが」

「いや、全然。つまらない論文を読んでいるところでね。自分のＤＮＡの話をするほうがずっといい。科学雑誌にお勤めですか？」

「そういうわけではないんですが。実は、ある不審死について調べていまして」

「ええっ！」

カーソンは心配になったようだった。

「ホームレスで、年齢は五十四歳から五十六歳のあいだ。手足の指を切断されていて、しばらく前にストックホルムで、木の下で亡くなっているのが発見されました。この人のＥＰＡＳ１遺伝子に、あなたと同じ変異があったんです。おそらく遠い親戚なのではないかと」

「悲しいことですね。名前は何と？」

「そこなんですよ。名前がわからないんです。現時点では、あなたの親戚らしい、ということしかわかっていません」

「どうすればお役に立てるでしょう」

「正直なところ、よくわかりません。ですが、ぼくの仕事仲間は、彼が高所登山のポーターとして活躍していて、何か大きな事故に巻き込まれて手足の指を失ったのではないか、と考えています。ご親戚のシェルパに、当てはまる人はいませんか？」

「そう言われてもねえ、たくさんいると思いますよ、遠い親戚まで全部含めたら。こう言うのもなんですが、特殊な血筋ですからね」

「じゃあ、具体的にご存じのことは、何もないわけですね？」

「少し考えさせていただければ、何かしらお伝えできるとは思います。親戚全員を含めた家系図を作って、経歴も書き留めてあるので。ほかに送っていただける情報はありませんか？」

ミカエルはしばらく考えをめぐらせてから、言った。

「慎重に取り扱うと約束していただけるなら、司法解剖報告書とDNA解析もお送りできます」

「約束しますよ」

「じゃあ、すぐに送ります。すぐにでも見ていただけるとたいへん助かるんですが」

ロバート・カーソンはしばし沈黙していた。

「いや、あのね」と彼はやがて言った。「お役に立てるなら光栄ですよ。スウェーデンに親戚がいたというのは嬉しいことです。苦労していたようなのは悲しいですが」

「残念ながらそのようですね。ぼくの女友だちが、彼に話しかけられたことがあるそうなんですが」

「どんな話を？」

「とても興奮して、スウェーデンのヨハネス・フォシェル国防相について、支離滅裂なことを言っていたそうです。フォシェルは二〇〇八年五月にエベレスト登頂を果たしました」

「二〇〇八年五月とおっしゃいましたか？」

「ええ」

「クララ・エンゲルマンが亡くなった時じゃありませんか？」

「そのとおりです」

「不思議なこともあるもんだ」

「とおっしゃると？」

「その登山隊に参加していた親戚が、実際いるんですよ。ちょっとした伝説の人物でね。ですが、三、四年前に亡くなっています」

「じゃあ、ストックホルムに現われることはできない」

「そうですね」

「当時エベレストにいたことがわかっているシェルパの一覧も、いっしょにお送りしますよ。少しは手がかりになるかもしれない」

「助かります」

「正直なところ、今回の件がエベレストに関係しているとは、あまり思っていないんです」ミカエルは、ロバート・カーソンよりむしろ自分自身に向けて、そう口にした。「この人と国防大臣のあいだには、距離がありすぎるような気がしますし」

「つまり、結果についての先入観はなしで調べたい、と」

「そういうことになるでしょうね。あなたが生い立ちについて書かれた記事、とても面白かったです」

「それはどうも」とロバート・カーソンは言った。「のちほど連絡します」

ミカエルは電話を切り、しばらく考えにふけってから、リスベットに感謝のメールを書き、フォシェルとエベレストのこと、マッツ・サビーンのことなども書いた。こうなったら彼女にも全体像を伝えておくのが得策だろう。


リスベットはそのメールを夜の十時に見たが、内容は読まなかった。考えなければならないことがほかにあったからだ。しかも喧嘩の真っ最中だった。

「もう、パソコン見るの、いいかげんやめてくれない？」パウリーナが咬みついてくる。

リスベットはパソコンを見るのをいいかげんやめると、顔を上げ、机のすぐそばに立っているパウリーナを見上げた。彼女は長い巻き毛を下ろしていて、やや吊り上がったその表情豊かな目には、涙と怒りがいっぱいに溜まっていた。

「わたし、トーマスに殺される」

「ミュンヘンの実家に帰ることもできるって言ってたじゃない」

「トーマスはそこにもやってきて、うちの親をうまいこと操るの。両親はトーマスのことが大好きだから。少なくとも、大好きだと思い込んでるから」

リスベットはうなずき、頭を整理しようとした。やっぱり、もう少し待とうか？　いや、それはだめだ。いまさら引き下がることはできないし、パウリーナを連れてストックホルムへ行くのは論外だ。自分だけで、いますぐ行かなければならない。ひとりきりで。もうこれ以上、何もせずに待っているわけにはいかないし、過去に拘泥している場合でもない。また行動を起こさなければならない。もっと近づいて追いかけなければならない。そうしなければ、ほかの人たちが傷つくことになる。ガリノフのような人間が控えているのだからなおさらだ。

「わたしから話そうか？」リスベットはこう答えた。

「うちの親に？」

「うん」

「絶対だめ」

「どうして？」

「あんたは人づきあいにかけては異星人そのものだからよ、リスベット、自覚ないの？」

パウリーナはそう吐き捨てると、ハンドバッグをひったくって部屋を出ていき、バタンとドアを閉めた。

追いかけたほうがいいのだろうか、とリスベットは考えた。だが、結局はあいかわらずパソコンの前で固まったままで、カミラがまだいるストランド通りのマンション周辺の監視カメラをハッキングする作業を続けることにした。ところが遅々として進まない。気になることが多すぎるのだ。パウリーナの怒りの爆発だけではない。ほかにもあらゆることが頭に入り込んでくる。ミカエルのメールもそうだ。もっとも、いまの状況では、これがいちばん緊急でないように思えるが。

メールにはこうあった。


いったいどうやって突きとめたのか見当もつかない。拍手、拍手。脱帽だよ。この物乞いが、国防大臣のヨハネス・フォシェルについてわけのわからないことを言っていた、というのも伝えておくべきかもしれない。「おれ、フォシェルを連れていった。

マムサビンを残していった」と言ったそうだ。言葉どおりではないかもしれないが。

(マッツ・サビーンと言った可能性もある）よくわからない。だが、ヨハネス・フォシェルは実際、二〇〇八年五月にエベレストに登っているんだ。そのときは死ぬ寸前まで行ったらしい。そのときにエベレストの南側にいたシェルパのリストを送る。きみなら、これを見てまた何かわかるかもしれない。ロバート・カーソンと話したよ。彼も協力してくれることになった。

気をつけて。それから、本当にありがとう。

M

追伸 マッツ・サビーンという人物は実在した。沿岸砲兵隊の元少佐で、国防大学で軍事史の研究をしていたんだが、何年か前にアビスコで亡くなった。フォシェルと激しく言い争ったことがある。

「ふうん」とリスベットはつぶやいた。「ふうん」それだけで、この件は脇に押しやり、監視カメラの作業を続けることにした。だが、彼女の指には独自の意思があるらしい。三十分後にはフォシェルとエベレストについて検索し、クララ・エンゲルマンという名の女に関する無数のルポルタージュに没頭していた。

クララ・エンゲルマンはカミラに少し似ている、とリスベットは思った。妹の安っぽいコピーのようだが、放っているオーラは同じだ。注目されることに慣れきっていて、それを当然だと思っている。リスベットには彼女のことを気にかけるつもりなど毛頭なかった。

いまはほかのことで忙しいのだ。それでも記事を読みつづけた。それだけに集中していたわけではまったくない。監視カメラのことでプレイグにメッセージを送ったり、パウリーナに電話をかけたが応答がなかったりと、ずいぶんと気の散った状態ではあったが、それでも徐々に全体像が見えてきた。とりわけ、ヨハネス・フォシェルのエベレスト登頂についてだ。

　フォシェルとその友人のスヴァンテ・リンドベリは、二〇〇八年五月十三日午後一時に登頂を果たした。そのときは晴天で、ふたりはしばらく頂上にとどまって景色を眺め、写真を撮り、ベースキャンプに連絡をした。だがその直後、南峰に向かう幅の狭い岩稜(がんりょう)ヒラリー・ステップで問題が生じはじめ、時間ばかりが過ぎていった。

　三時半の時点で、ふたりは標高約八千四百メートルの〝バルコニー〟と呼ばれる場所にしか到達しておらず、ボンベの酸素が足りないかもしれない、これでは第四キャンプまで戻れないのではないか、と不安になりはじめた。視界も悪くなってきていた。そのときの周囲の状況を、フォシェルはよくわかっていなかったが、何か深刻なことが起きたらしいとは察していた。

　トランシーバーから必死な声が聞こえてきていたのだ。だが、彼自身はすでに疲れきっていて、何が起きているのかまではよくわからなかった、と本人がのちに語っている。とにかく何もない空間をよろよろと下りているだけで、立っていることすら難しかった、と。

　やがて嵐がエベレストを襲い、すべてが鞭打つ混沌と化した。マイナス六十度近い極寒となり、寒さに震えるふたりには、どちらが上でどちらが下なのかもよくわからなくなった。そこからどうやって南東稜のテントまで戻ったのかについては、ふたりともあまり詳しい説明ができずにいる。無理もないことかもしれない。

　そんな中で、いまだ公になっていないことが何か起きたのだとしたら、その可能性がある時間帯は、夜の七時から十一時のあいだということになりそうだ。リスベットはまた、たいした差異ではないものの、おもにフォシェルの状態の深刻さについて、ふたりの証言がわずかに食い違っていることにも気づいた。

　彼がどれほど危険な状態だったかについて、あとから証言の内容がトーンダウンしたように感じられるのだ。とはいえ、たいして注目すべきことでもない、という気もした——同じ時に、同じ山の別の場所で起きていた、真の悲劇に比べれば。同日午後、クララ・エンゲルマンと、そのガイドであるヴィクトル・グランキンが命を落としたのだ。この件について無数の記事が書かれたのは、妙なことでも何でもなかった。この日エベレストにいた人々の中で、なぜよりにもよってこの高名な顧客だけが亡くなったのか？　誰よりもマスコミに注目され、誰よりも軽蔑されていた彼女だけが、なぜ？

一時は、妬み、上流階級への憎悪、女性差別が原因だ、などとも報じられていた。だが、初めの騒ぎがおさまってみると、クララ・エンゲルマンを救おうとする努力が足りなかったわけではまったくないこと、そもそも彼女が雪上で突如ばったりと倒れたその瞬間にはもう、助かる見込みがなかったことが明らかになってきた。アシスタントガイドを務めていたロビン・ハミルは、こうまで言っている。

〝クララを助けようとする努力が足りなかったどころか、努力しすぎたほどですよ。ヴィクトルにとっても登山隊にとっても、彼女はとても大切な存在だったから、ほかのたくさんの命を危険にさらしてまでも彼女を助けようとした〟。確かにそのとおりだろう、とリスベットも思った。

クララ・エンゲルマンには広告塔としてあまりにも価値がありすぎた。そのせいで、手遅れになる前に彼女を山から下ろそうという決断を、誰も下すことができなかった。彼女がよろよろと前進するのに合わせているうちに、登山隊全体のスピードが下がった。午後一時をまわる直前、彼女はやけになった様子で酸素ボンベのマスクを引きはがしてしまい、どんどん体力を失っていった。

その膝がくりと折れ、クララは前のめりになって雪中に倒れた。一行はパニック状態に陥り、その日いつもの判断力を失っていたらしいヴィクトル・グランキンが、止まれ、と全員に大声で命じた。クララを下山させるべく力が尽くされた。ところがほどなく天候が悪化し、大吹雪が一行を襲った。登山隊のほかの数人、とりわけデンマーク人のマッツ・ラーセンとドイツ人のシャルロッテ・リヒターが、急激に体調をくずした。それからの数時間、一行はまるで大惨事へと突き進んでいるかのようだった。

だが、登山隊のシェルパたち、とりわけそのサーダー（シェルパのリーダー）だったニマ・リタが、嵐の中で奮闘し、ロープを使ったり肩で体を支えたりして隊員たちを下山させた。そうして夜が来たころには、全員が救出されていた――クララ・エンゲルマンと、沈みゆく船に残ろうとする船長さながら、最後まで彼女のもとを離れようとしなかった、ヴィクトル・グランキンを除いては。

この悲劇はその後、仔細にわたって徹底的に調査されており、疑問点の大半はすでに解決しているようだ。そんな中で、いまなお明らかになっていない点がひとつある。さしあたり、当地の強烈なジェット気流が原因だろうということになってはいるが、クララ・エンゲルマンは亡くなったとされる場所から一キロメートルほど下で発見されたのだ。現地にいた人々が全員、彼女とヴィクトル・グランキンは雪中で寄り添うようにしてともに亡くなった、と証言しているにもかかわらず。

リスベットはこのことについて考えをめぐらせ、誰ひとり下ろして埋葬してやることができないせいで、何年も山の斜面に取り残されている、ほかのたくさんの死体にも思いを馳せた。そうして何時間もかけてさまざまな証言を念入りに読み込んだ結果、やはりこの話はどこかつじつまが合わない、と考えるに至った。ミカエルが触れていたマッツ・サビーンという人物についても記事を読んでみたが、結局その線は捨て、代わりにインターネットのゴシップ掲示板に目を通して、まったく別のことを思いついた。が、それ以上は進めなかった。

ドアがバタンと開いたのだ。泥酔したパウリーナが戻ってきて、リスベットに向かって、あんたは正真正銘のできそこないだとわめき散らしたので、リスベットもかなりの勢いで怒鳴り返した。そうしてしばらく言い争っていたが、やがて互いに飛びかかるようにして抱き合い、激しく愛し合った。絶望感と、帰るところがどこにもないという感覚が、ふたりをつないでいた。

第十五章

八月二十六日

午前中、ミカエルが海辺を十キロジョギングして別荘に戻ると、電話が鳴っていた。エリカ・ベルジェからだった。『ミレニアム』の次号が明日、印刷に入るという。エリカは満足しているとは言いがたいものの、きわめて不満というわけでもないようだった。

「いつもの水準は保てたと思う」と彼女は言い、いまは何をしているのかとミカエルに尋ねた。

休暇中だ、ジョギングを始めた、とミカエルは答えたが、国防大臣と彼へのバッシングについていても少し調べていると打ち明けた。すると、不思議なこともあるものだという答えが返ってきた。

「どうして?」

「ソフィー・メルケルがちょうど、その件を記事にしてるの」

「どういうふうに？」

「フォシェルの子どもが標的になって、警察がユダヤ人学校の周辺をパトロールするはめになった件について書いてる」

「その件なら読んだな」

「それなら……」

エリカは何やら考えているらしく、ミカエルは不安をかきたてられた。彼女がルポルタージュの企画を出してくるときはいつもそうだ。

「あの株価暴落の件、もう調べるつもりがないのなら、代わりにフォシェルの人物紹介記事でも書いてくれない？　あの人の人間らしさを少し取り戻してあげるのよ。あなたたち、意気投合してたような記憶があるし」

ミカエルは海のほうを見やった。

「そうだな、気は合ってたと思う」

「じゃあ、そういうことでどう？　うちの読者のために、ちょっとしたファクトチェックをやってあげてもいい」

ミカエルはしばし黙っていたが、やがて言った。

「確かに、悪くないアイデアかもな」

そう言いながら、シェルパとエベレストのことを考えていた。

「ついさっき、フォシェルが一週間の休みを取ったっていうニュースを読んだんだけど。あの人の別荘、あなたの別荘の近くじゃなかった？」

「島の反対側だな」

「じゃあ、決まりね」

「考えさせてくれ」

「昔はあなた、そんなに考える人じゃなかった。ただ行動してた」

「ぼくも休暇中なんだよ」

「あなたが休暇中なんてありえない」

「そうか？」

「あなたは働いてないと罪悪感にかられる、昔ながらのワーカホリックよ。休暇の意味すらよくわかってない」

「だから、休もうと努力してみる価値もない、って言いたいのかい？」

「そのとおり」とエリカが言って笑ったので、ミカエルも義務感にかられて笑い声を上げた。そちらへ行ってもいいかと訊かれなかったことに安堵していた。

カトリンとの関係をこれ以上複雑にしたくない。ミカエルはエリカに頑張ってと声をかけて電話を切ると、そのまま物思いに沈み、暴風に鞭打たれている海面を眺めた。これからどうしよう？　休暇の意味をちゃんとわかっていると証明してやろうか？　それとも、このまま仕事を続ける？

結局、フォシェルと会うのはかまわないが、それならその前に、彼について書かれ流布しているありとあらゆる流言飛語について、もう少し情報を集めなければ、という考えに至った。しばらくため息をついたりぶつぶつとひとりごちたりしたのち、長いシャワーを浴び、ようやく仕事にかかった。実に救いようのない、息の詰まりそうな仕事だ。トロール工場について調べていたときと同じ沼地に、またずぶずぶと入り込んでいる心地がする。

それでも徐々に没頭しはじめ、多大なエネルギーを費やしてあらゆる主張の出所をたどっては、そこからどう情報が拡散され歪んでいったかを明らかにした。そうしてふたたびエベレストでの出来事に少しずつ近づいていったところで、びくりと身を震わせた。携帯電話がまた鳴ったのだ。今度はエリカではなく、デンバーのボブ・カーソンからだった。

ボブは興奮した様子だった。

チャーリー・ニルソンは、〈プリマ・マリア依存症クリニック〉、本人が言うところの

〝酒抜き場〟の前にあるベンチに座って、眉間にしわを寄せている。警察の人間と話をするのは気が進まないし、話しているところを仲間に見られるのもいやだ。が、目の前にいる女には――確かムーディグという名前だ、いや、スタルクだったか？（ムーディグは「勇敢な」、スタルクは「力強い」の意。現在もスウェーデンに残るこのような名字は、かつて兵士に与えられた名の名残である）――かなりの威圧感がある。もめごとは避けたい。

「言いがかりだよ」とチャーリーは言った。「混ぜ物の入ってる酒なんて売るわけないだろ」

「へえ、そうなの？　じゃあ、全部味見してから売っているわけ？」

「ふざけたこと言うなよ」

「ふざけたこと？」ムーディグだかスタルクだかはそう言った。「私がどんなにふざけるってことをしない人間か、あなた見当ついてる？」

「もういいだろ」とチャーリーは言ってみた。「だって、そいつに毒入りの酒を渡したのは、誰だっておかしくないじゃないか。ここが何て呼ばれてるか知ってるか？」

「いいえ、チャーリー、そんなことは知りません」

「バミューダ・トライアングル。みんな、酒抜き場と、酒屋と、あそこにある飲み屋のあいだを行き来して、そのうち姿を消しちまうからな」

「何が言いたいわけ？」

「ここでは怪しげなことがいくらでも起きてるってことだよ。妙ちくりんな連中が湧いて出てきて、危ない粉とかやばい錠剤とかを売ってる。でもな、おれみたいに真剣に商売をやってる連中、雨の日も風の日もここに立ってる連中は、そういうのを売るわけにはいかないんだ。ちゃんとした品を売らなきゃならない。次の日になっても文句が出ない品をな。そうしなきゃ一巻の終わりだ」

「よく言うわ」とムーディグだかスタルクだかは言った。「そんな良心的な商売をしているとは思えない。言っておくけど、あなたいま、かなりまずい立場に立たされているよ。ほら、あそこに、警察の制服を着たお歴々がいるでしょう。見える？」

チャーリーには見えていた。最初からずっと見えていた。こちらをにらみつける視線を感じていた。

「知っていることを話さないつもりなら、いますぐ連行するからね。さて、例の男に酒を売ったっていう話だけど」とムーディグだかスタルクだかは続けた。

「確かに売ったよ。だけど、あいつなんだか怖かったから、なるべく近づかないようにしてた」

「怖かった？　どういうふうに？」

「目が怖かったし、指は欠けてるし、顔が真っ黒に変色してたからさ。それに、ぶつぶつうわごとを言ってたんだ、月がどうとかって。ルナ、ルナ、って言ってた。ルナって月のことだよな？」

「そうだと思うけど」

「まあとにかく、少なくとも一度はそういううわごとを言ってたことがあってさ。クルークマーカル通りのほうから足を引きずりながら歩いてきて、胸を手でバンバンたたきながら、ルナがひとりきりでおれを呼んでる、って。ルナともうひとり、マム・サビブとかいう人の話もしてたな、よくわかんないけどさ。それで怖くなったんだよ。あいつ、完全に頭がいかれてた。だから金が足りなくても品物は渡してやったんだ。そのあと暴力をふるったって聞いても、全然驚かなかったな」

「暴力をふるったの？」

しまった、とチャーリー・ニルソンは思った。この件については黙っていると約束したのに。だが言ってしまった以上、もうしかたがない。のるかそるかだ。

「おれにふるったわけじゃないよ」

「誰にふるったの？」

「ヘイッキ・ヤルヴィネンに」

「誰？」

「客だよ。おれの客の中ではわりとイケてるほうだ。夜中にノーラ・バーントリエット広場であの男に会ったって言ってた。少なくとも、あの男にちがいないと思う。指のないチビの中国人で、分厚いダウンジャケットを着てて、自分は雲の中にいたとか何とかうわごとを言ってた、って話だったからな。で、ヘイッキがそいつの話を信じなかったら、耳鳴りがするぐらい殴られたんだって。あの中国人野郎、熊みたいな馬鹿力だった、ってヘイッキは言ってた」

「そのヘイッキ・ヤルヴィネンとやらには、どこへ行けば会える？」

「いつも来るわけじゃないから、何とも言えないよ」

ムーディグだかスタルクだかという名の女刑事はメモを取り、誰にともなくうなずくと、さらにもう少しチャーリーを問いつめた。それから去っていったので、チャーリー・ニルソンは安堵のため息をついた。やっぱりな、と思った。あの中国人、前からどこかおかしいと思ってたんだ。そして、急いでヘイッキ・ヤルヴィネンに電話をかけることにした。警察から連絡がいく前につかまえなければ。

ミカエルはすぐに、ボブ・カーソンの声が前とは違っていることに気づいた。寝不足か、それとも風邪をひいたのか。

「そっちはまともな時間ですよね？」とアメリカ人は言った。

「ええ、問題なしです」

「ここは違います。頭が割れそうな気がしますよ。覚えていますか、二〇〇八年にエベレスト登山隊に参加していた親戚がいるとお話ししました」

「ええ」

「その親戚が亡くなったと申し上げたことも覚えていますね」

「もちろんです」

「実際、亡くなっていたんです。というより、亡くなったとみられている、と言うべきか。いや、最初からお話ししたほうがいいかもしれませんね」

「それがいいと思います」

「クンブ地方に住んでいるおじに電話をかけました。おじは言ってみればあの地域の情報通なんですよ。で、あなたが送ってくださった一覧に、ふたりで目を通しました。でもその中に見つかった親戚はこの人物だけで、私はもうあきらめようと思った。もう亡くなっているのなら、ストックホルムに現われてもう一度亡くなることはできないわけですし。ところがそのあと、実は彼の遺体が見つかっていないと知らされたんです。それであらためて情報を見てみたら、年齢も、身長も合っていることに気づきました」

「その人の名前は？」

「ニマ・リタです」

「リーダーのひとりだった人物ですね？」

「サーダーでした。シェルパのリーダーです。あの日、エベレストで誰よりも奮闘した人物でもあります」

「ええ、知っています。マッツ・ラーセンと、シャルロッテなんとかの命を救ったんですよね」

「そのとおり。もっとひどい大惨事になるところだったのを、彼が食い止めたんです。しかしそのせいで、彼は高い代償を払うはめになりました。上ったり下りたりを繰り返して、まるでガレー船を漕がされる奴隷みたいに働いた結果、顔と胸にひどい凍傷を負ったんです。手足の指も、何本も失った」

「では、ストックホルムで亡くなったのはその人にちがいない、と思われるわけですか？」

「そうとしか考えられません。手首に仏教の法輪のタトゥーを入れてもいました」

「なんてこった」とミカエルは言った。

「ええ。信じがたいことですが、すべてが符合するんです。ニマ・リタと私はいわゆる三従兄弟の関係にあります。したがって、あなたの仕事仲間である研究者の方が指摘されたとおり、例のY染色体の特殊な変異型を彼と私が共有していても、何の不思議もありません」

「彼がなぜスウェーデンに来たのか、納得のいく説明はつくんでしょうか」

「その点についてはわかりません。ですが、実は例の登山のあとに興味深いことが起きています」

「聞かせてください。ぼくはまだこの事件を把握しきれていません」

「当初、救出活動で活躍したとして賞賛されていたのは、アシスタントガイドのロビン・ハミルとマーティン・ノリスでした。もっとも、クララ・エンゲルマンとグランキンが亡くなったあとだったので、賞賛といっても限界がありましたが」とボブ・カーソンは切り出した。「ですがその後、長めの報道記事が出てくるころになると、実際に救出活動の鍵を握っていたのはニマ・リタと、その部下のシェルパたちだったことがわかってきました。とはいえ、それでニマが喜んだかどうかはよくわかりません」

「なぜですか?」

「そのころにはもう、ニマの人生は悲惨なことになっていたからです。凍傷は第四度にまで進行していて、すさまじい痛みだったのに、医者たちは最後の最後まで指の切断をためらった。彼が山に登れなくなったら食べていけなくなると知っていたからです。ニマは確かに、クンブ谷に暮らす地元民にしてはかなりの稼ぎを得ていましたが、欧米に比べればたいしたことのない額だったし、しかも彼は金遣いが荒かった。酒飲みで、貯金はいっさいなかったんです。だが何より彼を苦しめていたのは、誹謗中傷と、彼自身の心の葛藤でした」

「どういうことですか？」

「のちにわかったことですが、ニマはとくにクララの面倒をみるようにということで、スタン・エンゲルマンからひそかに金を受け取っていました。ところがご存じのとおり、それは完全な失敗に終わった。それどころか、ニマがクララ・エンゲルマンの登山を妨害した、とまで言われるようになったんです。これは真実ではないと私は思います。ニマ・リタはとても義理堅い人でした。ですが、シェルパの多くがそうであるように、彼もひじょうに迷信深かった。エベレストのことを、登山者の罪を裁く生き物とみなしていたんです。それで、クララ・エンゲルマンは……彼女についての記事はお読みになったことでしょうね」

「当時の報道は、ええ、読みました」

「シェルパの多くがクララに苛立っていました。ベースキャンプに着いた時点ですでに、彼女が山に不幸をもたらしかねないとささやかれていたそうで、ニマも彼女に苛立っていたのだろうと思います。いずれにせよ、彼がのちにすさまじい苦悶(くもん)にさいなまれていたことは確かです。幻覚を見ているようだったこともあったそうで、実際、神経がやられていた可能性もなくはありません。標高八千メートルを超える場所で長い時間を過ごしていたせいで、脳が損なわれていましたから。そうしてどんどん苦々しい、奇妙な性格になっていった。友人の多くが離れていった。誰もつきあっていられなかったんです。ですが、ニマの妻、ルナは別でした」

「奥さんということは、名前はルナ・リタということになるんでしょうか。いまはどこに？」

「問題はそこです。ニマが手術を受けたあとは、ルナが働いて彼を養っていました。パンを焼き、じゃがいもを育て、ときにはチベットまで行って羊毛や塩を買い、ネパールに戻って売っていた。だが結局それでも食べていけなくなって、ルナも登山ビジネスの世界に足を踏み入れたんです。彼女はニマよりもずっと若く、体力もあったので、初めは食料まわりの世話係をしていたのが、あっという間に自ら登山をする女性シェルパ、シェルパニにまで出世しました。二〇一三年、ルナは世界第六位の高峰、チョ・オユーに登るオランダの登山隊に参加しましたが、高地で岩の割れ目に落ちてしまった。現場は大混乱でした。

雪崩(なだれ)があったうえ、風も強く、隊員たちは皆急いで下山しなければならなかった。ルナは岩の割れ目に置き去りにされて亡くなりました。ニマは悲しみのあまり気がふれたようになって、これは人種差別だとすぐに言いだした。落ちたのがサヒブ（「主人」を意味するアラビア語起源の言葉。イギリスによるインド植民地支配以降、敬称として、また白人一般を指す言葉としても使われるようになった）だったらすぐに引き上げたはずだ、と叫んでいたそうです」

「だが実際に落ちてしまったのは、地元の貧しい女性だった」

「本当に人種差別が絡(から)んでいたのかどうかはわかりません。可能性は低いような気がします。登山にかかわる人々は、基本的に尊敬に値すると私は考えています。ですが、ニマの心にはその考えが棲(す)みついた。ルナをきちんと葬ってやれるよう、自ら登山隊を組織しようとまでしたんです。ところが、誰ひとり参加したがらなかったので、ニマは結局、たったひとりで出発しました。そんなことをするには歳をとりすぎていたし、素面(しらふ)とも言いがたい状態だったのに」

「なんと無謀な」

「クンブ地方に住んでいる私の親戚は、みんな口を揃えて言いますよ。エベレストに何度も登ったことではなく、そのときのチョ・オユー登山のほうが、ニマの最大の偉業だとね。彼は山中で、割れ目の底で永久に冷凍保存されているルナを発見しました。そして、自分も下りていって彼女のそばに身を横たえようと考えたんです。いっしょに生まれ変われるように。ところが……」

「ところが？」

「山の女神が彼にささやきかけてきたというんですよ。ここで死ぬのではなく、世界に出ていって、この話を伝えるべきだ、と」

「それは何とも……」

「……常軌を逸した話ですよね、まったく」とボブ・カーソンは続けた。「ニマは実際に世界へ、少なくともカトマンズまでは出ていって、話をしたんですが、彼の言うことを理解できる人はひとりもいなかった。話はどんどん支離滅裂になっていきました。ときおりボダナート（カトマンズにあるネパール最大の仏塔）の旗の下で泣いているところも目撃されています。英語は下手で、手書きの文字はもっとひどかったけれど、タメル地区の商店街に張り紙をしたこともあったようです。そうしてクララ・エンゲルマンの話を続けた」

「その話というのは？」

「忘れないでいただきたいのですが、このころにはもう、ニマの心はすっかり病んでいたので、いろいろなことを混同していたのだろうと思います。ルナ、クララ、ほかのあらゆること、すべてがごっちゃになっていた。完全な鬱状態でした。そんなとき、彼がイギリス人観光客に食ってかかり、留置場に一日留め置かれるという事件が起きて、家族は彼をカトマンズのジートジャンガ・マルグにある精神科病院に入院させました。ニマは二〇一七年の九月末まで、そこを出たり入ったりしていたそうです」

「二〇一七年の九月に、何があったんですか?」

「それまでにも何度もあったことです。ニマはビールやウォッカを飲むために病院を抜け出しました。どうやら医師がくれる薬はまったく効かないと思っていたらしく、頭の中で響く悲鳴を黙らせてくれるのは酒だけだと言っていたそうです。病院の職員も、しぶしぶながら黙認していたのだと思います。必ず戻ってくるとわかっていたから、病院を出ていっても何も言わなかった。ところが、そのときはいっこうに帰ってこず、病院の職員は心配をつのらせていました。というのも、ニマがある客の訪問を心待ちにしていたのを知っていたからです」

「客というのは?」

「誰かはわかりません。が、ジャーナリストだった可能性もあります。クララ・エンゲルマンとヴィクトル・グランキンが亡くなって、もうすぐ十年になるというので、記事やドキュメンタリー映画の企画がいくつか進んでいました。誰かがついに自分の話を聞いてくれるというので、ニマはとても喜んでいたらしいのです」

「しかし、彼が何を話そうとしていたかについて、詳しいことはご存じないわけですね？」

「ええ、亡霊やら精霊やらのたくさん出てくる、難解きわまる話だった、としか」

「そして、うちの国防大臣、フォシェルについての話でもなかった」

「ええ、私の知るかぎりでは。しかし、私は人づてに聞いたことしか知りません。病院がそう簡単にカルテを見せてくれるとも思えませんし」

「で、ニマは戻らなかった。そのあとはどうなりましたか？」

「当然、捜索が始まりました。彼がいつも行っていたところを重点的に探したようです。だが、何も見つからなかった。手がかりは皆無でしたが、ただひとつだけ、死者の火葬されるバグマティ川からさほど遠くないところで彼の遺体を見かけた、という情報が入ってきました。とはいえ、遺体そのものが見つかったわけではなかった。捜索は約一年後に打ち切られました。みんな希望を失って、ニマの親族は結局、ナムチェバザールでちょっとした追悼式を開きました。いや、追悼式というより……何と言ったらいいかな？……彼のために祈る時間をとった、という感じでしょうか。なかなか良い式になったようですよ。晩年のニマは人望を失っていましたが、そのときにほんの少しとはいえ名誉を回復した。何といってもニマ・リタという男は、酸素ボンベなしでエベレストに十一回登頂したんです。十一回ですよ。しかもチョ・オユーに登ったときには……」

ボブ・カーソンは興奮状態で話を続けている。ミカエルはもう、あまり集中して耳を傾けてはいなかった。ニマ・リタの名前で検索してみると、かなりの記事が見つかり、ウィキペディアの記事には英語版とドイツ語版もあったが、写真は二枚しか見つからなかった。一枚は、ニマ・リタがオーストリア人の有名登山家、ハンス・モーゼルと写っている写真だ。二〇〇一年、北稜ルートでエベレスト登頂を果たしたあとのものらしい。もう一枚はもっと最近の写真で、場所はクンブ地方のパンボチェ村、石造りの建物の前にいる彼の横顔が写っている。一枚目と同様、少々距離がありすぎて、顔認識プログラムを使うこともできそうにない。が、ミカエルは確信した。その目、髪、頬の黒く変色した部分には、確かに見覚えがある。

「もしもし?」ボブ・カーソンが言った。

「すみません、ちょっと驚いてしまって」

「そうですよね。わけのわからない謎を突きつけられたわけですから」

「ええ。それにしても、ボブ……」

「何でしょう」

「あなたは本当にスーパー遺伝子の持ち主だと納得しましたよ。実に助かりました」

「私のスーパー遺伝子は高所登山に役立つもので、探偵業には関係ありません」

「探偵の遺伝子もチェックしてみてはいかがですか」

ボブ・カーソンの笑い声には疲れがにじんでいた。

「さしあたり、この件については口外しないでいただきたいのですが、かまわないでしょうか」とミカエルは続けた。「もっとはっきりしたことがわかる前に、情報が広まってしまってはまずいので」

「妻にはもう話してしまったんですが」

「では、ご家族以外には秘密にしてください」

「約束しますよ」

通話を終えると、ミカエルはフレドリカ・ニーマンとヤン・ブブランスキーにメールを書き、判明したことを伝えた。それからヨハネス・フォシェルについての記事を読む作業に戻り、午後には本人に電話をかけた。インタビューの約束を取りつけようと考えたのだ。

ヨハネスがタイルストーヴに火を入れている。レベッカのいるキッチンまでにおいが漂ってきて、彼が二階で行ったり来たりしている音も聞こえた。いやな足音だ。彼の沈黙も、彼の瞳に宿った光も耐えがたい。彼の笑顔をまた見られるのなら、どんなことをしてもいいとすら思う。

何かがおかしい、とレベッカはまた考えた。やはり話をしようと二階に上がりかけたところで、ヨハネスが階段の曲がり角を下りてきた。レベッカがとっさに感じたのは、喜びだった。ヨハネスはトレーニングウェアを身につけ、ナイキのスニーカーをはいている。これは生きる力が戻ってきた証にちがいない。だが、彼の身のこなしには、これまでにはなかった何か別のものが感じられ、レベッカは怖くなった。階段の途中で彼を迎え、その頬を撫でた。

「愛してる」

ヨハネスが向けてきた絶望のまなざしに、レベッカはぎくりとあとずさった。彼の返事に、安堵を覚える要素はひとつもなかった。

「ぼくのほうが愛してるよ」

まるで別れの言葉のように聞こえた。レベッカは彼にキスをした。だがヨハネスは彼女を振り払い、ボディガードはどこだと尋ねてきた。レベッカはしばし答えをためらった。この家にはテラスが二カ所あり、ボディガードたちは海に面した西側のほうに座っている。ヨハネスがジョギングに出かけるのなら、彼らもいつものとおり着替えをし、いっしょに走らなければならない。そして、これもまたいつものとおり、ヨハネスのスピードについていけず苦労するはめになるのだろう。彼らが疲れきってしまわないよう、ヨハネスが先まで走っては戻ってくることもある。

「西側よ」とやがて彼女は答えた。すると、ヨハネスは逡巡(しゅんじゅん)した。

彼女に何か言いたがっているようにも見える。胸をぐんと張り、不自然なほどに肩をこわばらせている。首筋は見たことがないほどに赤く、まだらに染まっていた。

「どうしたの?」

「きみに手紙を書こうとしたんだ。でも、書けなかった」

「いったいどうして手紙なんか。私、ここにいるのに」

「でも……」

「でも?」

心が砕けてしまいそうだ。いったい何が起きているのか話してくれるまでは、けっして引き下がるまい、とレベッカは決心した。だからヨハネスの両手をつかみ、その瞳をのぞきこんだ。だが、そのとき、考えられる中で最悪の事態が起きた。

ヨハネスが彼女の手を振りほどき、「すまない」と言って走り去ったのだ。しかもボディガードのいるほうではなく、森に面した東側のテラスのほうへ。あっという間に姿が消え、レベッカは声のかぎりに叫んだ。ボディガードたちがなだれこんできたとき、レベッカは茫然自失したままつぶやいていた。

「あの人、私から逃げていった。私から逃げていった」

第十六章

八月二十六日

ヨハネス・フォシェルは走った。こめかみが激しく脈打っている。頭の中では、これまでの人生そのものが轟(とどろ)いている。だが、その人生の何ひとつとして——もっとも幸福に満ちた瞬間ですら、ひとすじの光ももたらしてはくれなかった。ベッカや息子たちのことを考えようとしても、見えてくるのはただひとつ、三人の目に失望と恥の色がうかぶところだけだ。遠くから鳥の声が聞こえてくる。まるで別の世界から響いているようだ。わけがわからない。いったいどうしてこんな世の中で、歌いたい、生きたいと思えるのだろう？

彼の世界はいま、完全な暗闇だった。希望はいっさいなかった。それでもなお、自分がどうしたいのかよくわからない。もし街中にいたとしたら、走ってくるトラックや地下鉄に身を投げていたのだろうか。ここには海しかない。そちらに引き寄せられてはいるものの、泳ぎが上手すぎる自覚はある。生きるか死ぬかの瀬戸際に置かれたら、きっと抑えがたい生命力が湧き上がってきてしまう。それを完全に断ち切れる自信はない。

だから、ひたすら走った。いつものジョギングではなく、人生そのものから逃げているかのように走った。どうしてこうなってしまったのだろう。理解を超えている。自分ならどんなことでも乗り越えられると思っていた。自分は熊のように強い人間だと思っていた。だが、彼は過ちを犯し、あることに巻き込まれた。その事実を抱えて生きていくのは無理だと悟った。初めは、反撃しよう、闘おうと思っていた。それは本当だ。だが、弱みを握られてしまった。向こうもそれはわかっていた。そうして、ここまでたどり着いた。まわりで鳥たちがバタバタと飛び立ち、先のほうで驚いたノロジカがぴょんと跳ねる。ニマ、ニマ。よりによって、あの男が。何が何だかわからない。

ニマのことは愛していた。いや、もちろん、愛していた、という言葉は適切でないかもしれない。それでも……彼とのあいだには、ある種の絆、断ちがたいつながりを感じていた。ベースキャンプで、自分が夜ごとレベッカのテントに忍び込んでいることに、最初に気づいたのはニマだった。それで、彼は心配していた。神聖な山の斜面でセックスなどしたら、エベレストの女神が傷つくというのだ。

「山がかんかんに怒るんだ」とニマは言っていて、それを聞いているうちに、彼をからかわずにはいられなくなった。〝あの男に冗談は通じないぞ〟とみんなに注意されたが、ニマが腹を立てることはなかった。むしろ笑い声を上げていた。おそらく、レベッカとヨハネスの双方が独身だったことも、少しはプラスに働いたのだろう。

ヴィクトルとクララのほうがまずかった。ふたりとも既婚者だったからだが、とにかくあらゆる意味で彼らのほうがまずかった。ルナのことが思い出される。あの勇敢な、素晴らしいルナ。ときどき朝に姿を見せ、焼きたてのパンや山羊のチーズ、ヤクのミルクで作ったバターを持ってきてくれた。ニマとルナを手助けしよう、と決心したことも思い出す。そうだ、きっとそこからすべてが始まったのだ。ヨハネスはふたりに金を与えた。自分でもまだ存在すら知らない借金を返しているかのように。

だが、もうなるようになれだ。ヨハネスはひたすら走りつづけ、結局、そのまま海へ引き寄せられていった。砂浜で靴と靴下とTシャツを脱ぎ捨て、海に入って水をかきわけて進み、泳ぎはじめる。走っていたときと同じように、がむしゃらに、猛烈な勢いで、まるで競泳の百メートル決勝のように。ほどなく、海に白波が立っていること、沖に出ると思っていた以上に水が冷たく、潮の流れが速いことに気づいた。それでも速度を緩めはしなかった。むしろ上げた。

とにかく泳ぐのだ。そして、忘れるのだ。

ボディガードたちが電話で増援を呼んだ。レベッカはどうしていいかわからず、二階にあるヨハネスの書斎に上がった。いったい何が起きたのか、少しだけでもわかればと思ったのかもしれない。だが、手がかりになりそうなものは何もなく、タイルストーヴで紙を燃やした形跡があるだけだった。右手で机をバンとたたいた瞬間、すぐ隣で何かがブーンと震えて、一瞬、自分がその音の原因かと思った。

違う。ヨハネスの携帯電話だ。ミカエル・ブルムクヴィストの名が画面に表示されているのを見て、レベッカは電話をそのまま放置した。よりによっていま、ジャーナリストと話をする気にはなれない。自分たちの生活をめちゃくちゃにしたのはマスコミなのだ。とにかく泣き叫びたくなった――〝ヨハネスの馬鹿、さっさと帰ってきなさいよ。みんな、あなたのことを愛してるんだから〟。そのあと何が起きたのかはよくわからない。膝(ひざ)ががくりと折れたのかもしれない。

気がついたときにはもう、彼女は床にぺたんと座り、祈っていた――祈りを捧げたことなど、年端(としは)もいかなかったころが最後だというのに――すると、電話がまたブーンと鳴った。ふらりと立ち上がり、見ると、またブルムクヴィストからの電話だとわかった。ミカエル・ブルムクヴィスト。彼は自分たちのことを擁護してくれていたような記憶がある。

たぶん間違いない。ひょっとしたら何か知っているのかもしれない。可能性はあるのでは？　一瞬のうちにそこまで考え、レベッカは応答した。切羽詰まった声になっているのが自分でわかった。

「はい、ヨハネスの携帯です、私はレベッカ」


何かあったのだと、ミカエルにはすぐにわかったが、どんなレベルの事件が起きたかまではわからなかった。単なる夫婦喧嘩かもしれない。何であってもおかしくない。そこで彼はこう言った。

「いま、お邪魔でしょうか？」

「ええ……いえ、そんなことは」

レベッカ・フォシェルが混乱しきっているのが伝わってくる。

「しばらく経ってからかけ直しましょうか」

「何も言わずに出ていっちゃった」と彼女は叫んだ。「ボディガードの方たちから逃げるみたいに走っていったんです。いったい何が起きてるの？」

「いま、サンド島にいらっしゃいます？」

「えっ……はい」レベッカはつぶやいた。

「ヨハネスが何をしたとお思いですか？」

「あの人、何か馬鹿なことをするかも。自分自身に。それが怖いんです」と答えたレベッカに、ミカエルは、大丈夫だ、きっと解決する、と慰めの言葉をかけた。

それから別荘を飛び出すと、桟橋に係留してあった自分のボートに走り、出発した。けっして速いボートではない。サンド島の面積は五十四ヘクタールあるし、しかもフォシェル家の別荘はかなり離れたところにある。それなりに時間がかかるだろう。風が強いせいで、ミカエルの小さいボートでは揺れがひどく、顔に水しぶきがかかって、彼はひとり悪態をついた。いったい何をやっているんだ？　自分でもよくわからない。だが、これはピンチに対処する彼なりの方法でもある。とにかく行動するのだ。スピードを上げる。やがて頭上の空からヘリコプターの音が聞こえてきた。

あれもおそらく、フォシェルと関係があるのだろう。フォシェル夫人にあらためて思いを馳せる。さきほどの言葉は、電話の相手というより、あらゆる人々に、いや、宙に向かって問いかけているように聞こえた。〝いったい何が起きてるの？〟胸の張り裂けそうな不安が、声から伝わってきた。まわりに広がる海を見つめる。追い風の助けを少し借りることができ、島の南側にだんだん近づいてきた。レーシングボートが一艘、ろくに注意せずこちらへ向かってきて、その余波でミカエルのボートが揺れ、彼は前後に飛ばされた。

が、ここで激昂して、粋がっている若造を怒鳴りつけるのが得策とは思えず、怒りをなんとか抑えた。

とにかくボートを走らせ、あたりを注意深く見まわした。海辺にはほとんど人がいない。沖のほうで泳いでいる人も見当たらないので、ボートを係留して森の中を探したほうがいいのではないかと考えはじめた、ちょうどそのとき、はるか沖のほう、大型船の通る航路のあたりに、波間に現われては消える小さな点が見えた。ミカエルはそちらへボートを進め、大声で呼びかけた。

「おーい！　そこで待ってろ！」

音はすべて風にかき消され、ヨハネス・フォシェルは自分だけの世界にいた。筋肉をやみくもに使い、両腕が攣りそうになっているのを、どこか安堵のような気持ちで感じていた。最終的にふっと力を抜いて、人生を逃れ、水中へ沈んでいけるその瞬間まで、ひたすら全力で進むことだけに集中しようと思った。が、簡単なことではなかった。もう生きていたくはないが、だからといって死にたいと思っているのかどうか、自分でもよくわからない。ただ、希望は潰えてしまった。残っているのは恥の意識と、激しく脈打つ怒りだけで、しかもその怒りはもはや、内に向かって爆発する力、自身に向けられた剣先でしかない。もう気力が残っていなかった。耐えられそうになかった。

息子たちに思いを馳せる。サミュエルとヨナタン。その瞬間、はっきりした――死んでふたりを見捨てることになるのも、生きて恥ずべき人間とみなされるのも、どちらも耐えがたい。だから、ひたすら泳ぎつづけた。海が自分の問いに答えてくれるかのように。頭上からヘリコプターの音が聞こえてくる。うっかり海の水を飲んでしまった。いきなり押し寄せてきた波のせいだと思った。が、違った。体力がなくなってきているのだ。

水面に浮かんでいるのが難しくなって、平泳ぎに移行した。あまり役には立たなかった。脚が重く感じられ、ふと気づくと、どういうわけか体全体が水中に沈んでいた。どうしても上がれない。パニックが突き刺さってきて、彼は両手を振りまわした。凍てつくような明瞭さで、死にたいと思っているにしてもこんなふうには死にたくない、と感じる。必死で水面に上がり、ぜいぜいと息をし、岸に体を向けて、五メートル、十メートルと進んだ。

また体が沈み、恐怖が本格的に彼の中に根を張った。息を止める。だが、もう無理だった。さらに水を飲んでしまい、医学的には反射的な喉頭痙攣（こうとうけいれん）と呼ばれる状態に陥った。まったく息ができない。体ができるかぎり彼を守ろうとしているのだ。やがて、猛烈な勢いで湧き上がってきた死の恐怖に、過呼吸が避けられなくなり、肺や胃にさらに水が入った。

痛みと恐怖のあまり、胸も頭も破裂しそうだ。彼は気を失ったが、また意識を取り戻した。だが、そのときにはもう海底に向かって沈んでいる最中で、彼は考えた――この状態で考えられるかぎりにおいて、だが――家族のことを、あらゆることを、とりとめもなく。唇がひとつの言葉をかたちづくる。「すまない」か、それとも「助けて」か、判断はつかなかった。

波間に見えた頭が消え、また現われ、ミカエルは叫んだ――「待ってろ、いま行く」。だが彼のボートはあまりにも遅く、また目を向けたときにはもう、海と、水中に飛び込んでいるカモメと、遠くにいる青いヨットしか見えなかった。あの頭が最後に見えたのは、いったいどこだった？　あのあたりだろうか……いや、あのへんか？　いちかばちかの賭けに出るしか道はなく、最終的にはエンジンを切って水中に目を凝らした。海水は濁っている。そういえばそれについての記事を読んだ。雨のせいでもあるが、藻の異常発生、化学物質、腐植酸などが原因でもあるのだとか。ミカエルは頭上のヘリコプターに向かって手を振ったが、そうしたところでどうなるものか見当もつかなかった。それから靴と靴下を脱ぎ、ほんの一瞬、強風の中で揺れに揺れているボートの上で、じっと立った。そして、飛び込んだ。

思った以上に水が冷たい。水中に潜り、あたりに目を凝らしてみるが、いっさい何も見えなかった。だめだ、こんなことをしても意味がない。一分後、水面に戻って息を整えていると、自分のボートがすでに遠くへ漂流しているのがわかった。だが、もうしかたがない。また潜る。今度は反対方向へ。すると本当に、生気なくこわばったまま、まるで柱か何かのように沈んでいく人の体が遠くに見えた。ミカエルはそちらへ泳ぎ、男の両腕を下からつかんだ。鉛のような重さだったが、全力で脚をばたつかせ、ゆっくりと、一センチずつ、男を水面へ連れていった。だが、気持ちのうえで、彼は間違った考えを抱いていた。

彼を水面まで連れていきさえすれば、あとは楽になるだろうと考えていたのだ。実際にはまるで材木を抱えているようだった。男は瀕死（ひんし）の状態で、水面に出ても重さは変わらない。生きている兆候はいっさいなく、ミカエルは自分たちがいまどれほど沖にいるかをあらためて自覚した。彼を連れて岸まで泳ぐのはとても無理だ、体力がもたない。それでも力を尽くした。大昔、若かりしころに、ライフセービングの技術を学んだことがあったので、男の体をしっかりつかんでいられるよう、ひっきりなしにやり方を変えた。

それでも重さは増していく一方だった。ミカエルはひたすら耐えていたが、やがて肺に水が入りはじめ、筋肉の痙攣も始まった。もうだめだ。この人を手放すしかない。そうしなければ、自分までもが深い海の底へ引きずりこまれる。もうあきらめようと考え、次の瞬間には思い直した。そうして奮闘を続けていたが、やがて目の前が真っ暗になった。

第十七章

八月二十六日

ヤン・ブブランスキーは警察本部の自室に遅くまで残り、あちこちのニュースサイトをめぐっている。ヨハネス・フォシェル国防相が、溺死寸前のところを助けられ、意識不明の状態でカロリンスカ医大病院の集中治療病棟に入院しているという。重体との報道だ。今後、意識を取り戻したとしても、脳に深刻な損傷を負ったおそれがある。心臓がいったん停止したとの情報もあり、浸透圧差による肺水腫、低体温症、不整脈、脳損傷などといった言葉が飛び交っている。楽観はできない状況だ。

いつも比較的冷静な報道をしているメディアまでもが、自殺しようとした可能性があると報じている。ということはつまり、誰か近しい人が情報を漏らしたのだろう。そうでなければ、フォシェルが泳ぎに長けていたことは広く知られているから、彼が自分の泳力を過信して沖に出すぎてしまい、冷たい潮の流れに巻き込まれた、というのが何より納得のいく説明になるはずだ。いずれにせよ、本当のところはよくわからない。彼を助けたのは民間人で、海上レスキュー隊のボートに引き上げられ、ヘリで病院に搬送された、とも報じられている。

その下の記事はまるで追悼文のようで、フォシェルを〝強靭さと実行力を兼ね備えた大臣であり、人間としての土台となる価値観を守るべく力を尽くした人物〟と賞賛している。〝不寛容と有害なナショナリズムに立ち向かい〟、〝つねに和解の道を模索しつづけた、生粋の楽観主義者〟ともあり、彼が〝きわめて不当な誹謗中傷〟の対象となっていたこと、その源がロシアのトロール工場にあることも書かれていた。

「いまさら言っても遅いぞ」とブブランスキーはつぶやき、『スヴェンスカ・ダーグブラーデット』紙に掲載されたカトリン・リンドースのコラムを一気に読んで、そのとおりだとうなずいた。今回の件は〝人を悪者と決めつけてバッシングを煽る現代社会の風潮〟が招いた当然の帰結である、という内容だった。

それから彼は、隣の古い肘掛け椅子に座ってノートパソコンを膝に載せているソーニャ・ムーディグのほうを向いた。

「さて」と切り出す。「何かはっきりしてきたか？」

ソーニャは目を上げ、一瞬、何の話かわからないという表情でブブランスキーを見た。

「いいえ、あまり。ヘイッキ・ヤルヴィネンの居場所はまだつかめていません。ですが、ついさっき、ミカエル・ブルムクヴィストが教えてくれたカトマンズの精神科病院でニマ・リタの治療に携わっていた、という医師のひとりと話をしました」

「何と言っていた？」

「彼女の話によると、ニマ・リタの病は深刻で、人の声、助けを求める叫び声の幻聴がよくあったそうです。自分はその人たちを助けられないと言って絶望していたとか。つねに同じことを思い出しているようだった、という話でした」

「同じことと？」

「山の上で経験したことと。自分は力不足だと感じた瞬間。投薬治療や電気ショック治療を試したけれど、なかなかうまくいかなかったそうです」

「フォシェルの話をしていたかどうかは訊いてみたか？」

「名前には覚えがあるそうですが、それだけです。ニマ・リタはそれ以上に、妻のルナのことと、スタン・エンゲルマンのことを話していました。エンゲルマンのことを恐れていたようです。医師の話では、その点はひじょうにはっきりしていたということなので、調べてみるべきだと思います。エンゲルマンは、私の理解が正しければ、良心の呵責(かしゃく)というものにあまり縁がない人のようですから。ですが、それ以上に興味深いことを聞きました」

「何だ？」

「二〇〇八年のエベレストでの悲劇のあと、マスコミはこぞってニマ・リタの話を聞きたがりました。が、その関心はすぐに薄れました。彼が病気で混乱しているという情報が広まって、ほぼ忘れ去られてしまったんです。ですが、悲劇からもうすぐ十周年というころに、『ジ・アトランティック』誌のリリアン・ヘンダーソンという記者が、ニマに連絡を取りました。ヘンダーソンは例の悲劇について本を書いていて、ニマは病院の電話で彼女と話をしたそうです」

「どんな話を？」

「私の理解が正しければ、たいしたことは何も話さなかったようです。ですが、ヘンダーソンが調査のためネパールを訪れる際には会おう、ということになったらしいんです。ところが彼女がネパールに到着したときには、ニマはもう失踪していました。それからもいろいろあって、結局、本は出版されませんでした。出版社が訴訟を恐れたからです」

「訴訟？　誰の？」

「エンゲルマンですよ」

「エンゲルマンは何が明るみに出るのを恐れていた?」

「そこを突きとめるべきだと思います」

「じゃあ、例の物乞いとそのニマ・リタが同一人物だということは、もう確実なんだな?」とブブランスキーは言った。

「そう言ってさしつかえないでしょうね。合致する点が多すぎますし、顔もよく似ているらしいので」

「ミカエル・ブルムクヴィストはどうやって突きとめたんだ?」

「彼があなたにメールで伝えてきた以上のことは私も知りません。連絡を取ろうとはしてみたんですが、誰も彼の居場所を知らないようなんです。エリカ・ベルジェも知らないそうで、心配だと言っていました。ちょうどフォシェルの紹介記事を書かないかという話をしたばかりで、事故のあと、ひっきりなしにミカエルに電話をかけているのだとか」

「ミカエルも確か、サンド島に別荘を持っていなかったか?」

「ええ、サンドハムンですね」

「軍情報局か公安警察につかまっているんじゃないか? いろいろと内密になっていることがありそうだし」

「そうですね。軍の上層部には連絡したんですが、何の情報もくれません」

「ケチなやつらだ」

「それに、ミカエルが私たちにすべてを打ち明けているという保証もありません。ひょっとすると彼はすでに、ニマ・リタとフォシェルの具体的なつながりを突きとめているのかも」

「それにしてもこの件、妙すぎやしないか？」とブブランスキーは言った。

「とおっしゃると？」

「フォシェルはロシアに批判的で、スウェーデンの選挙プロセスに干渉したとしてロシアを非難した。とたんにバッシングされ、根も葉もない中傷をされ、絶望にまで追い込まれた。そこに死んだはずのシェルパがひょっこり現われて、彼をまっすぐに指さしてみせた。何者かが彼を追いつめようとしている気がしてならない」

「そういうふうにまとめてみると、確かにおかしいですね」

「ああ」とブブランスキーは言った。「ニマ・リタがどういう経緯でスウェーデンに入国したかについては、まだ何もわからないのか？」

「さきほど移民局から返事があって、あちらの登録簿には何も情報がない、と」

「妙だな」

「うちのデータベースにも情報があるはずなんですが」

「そこにも情報機関が蓋をしたんじゃないか」ブブランスキーはつぶやいた。

「そうだとしても驚きません」

「フォシェルの妻からも話は聞けないままか？」

　ソーニャ・ムーディグはうなずいた。

「すぐにでも事情を聞かなければ。それは向こうも理解してくれるはずだ。われわれの仕事を妨げることはできない」とブブランスキーは続けた。

「残念ながら、できると思われている節がありますね」

「連中も何かにおびえているんだろうか」

「そんな気もしなくはありません」

「ふむ。まあ、現状を受け入れて、わかっていることをもとに進めるしかないか」

「そうですね」

「厄介な話だ、まったく」とブブランスキーは言った。もう一度、ニュースサイトをめぐらずにはいられなかった。

　ヨハネス・フォシェルの危篤状態はまだ続いていた。


　トーマス・ミュラーは遅い時間に仕事を終え、コペンハーゲン、ウスタブロ通りのマンション最上階にある広い自宅に帰り着いた。冷蔵庫からビールを出していると、流し台が汚れていること、朝食の皿が食器洗浄器に入っていないことに気づいて、声に出して悪態をつき、自宅内を歩きまわった。どこもいっさい掃除されていなかった。

掃除に来ている女が仕事をさぼったのだ。自分がこんなに大変な思いをしているときに、よりにもよって。職場では皆やかましく文句ばかり。秘書は脳が死んでいるとしか思えない。今日はその秘書に向かって怒鳴りすぎてこめかみが痛くなった。そしてもちろん、そうしたすべての中心に、パウリーナがいる。もう我慢ならない。あの女、いったいどういうつもりだ！　こんなにも尽くしてやったのに。出会ったころ、あの女は何者でもなかった。地方紙に勤める、役立たずのちっぽけなジャーナリストでしかなかった。そんな彼女に、自分はすべてを与えてやった。婚前契約書を作ることとすらしなかったのだ。いま考えれば痛恨のミスだが。まったく、あのいまいましいレズ女め。

あの女が打ちのめされて帰ってきたら、初めはやさしく接してやろう。目にもの見せてやるのはそのあとだ。けっして許すものか。あんな絵葉書を受け取ったあとではなおさらだ。〝**あなたとは別れます**〟、と書いてあった。〝**ある女性に出会って、恋に落ちたから**〟、と。以上。それを読んだトーマスは、携帯電話とクリスタルガラスの花瓶をたたき壊し、職場を病欠するはめになった。いや、もうそのことは考えまい。

ジャケットを脱ぎ、ビールを持ってソファーに腰を下ろすと、愛人のフレドリケに電話しようかと考えた。だが、あの女にもうんざりしている。テレビをつけ、スウェーデンの国防大臣が生死の境をさまよっていると知った。どうでもいいとしか思えなかった。あいつがポリコレ（ポリティカル・コレクトネス、政治的適正の略）を振りかざす馬鹿だったのは誰もが知っていることで、そのうえ偽善者でぺてん師でもあったのだから。トーマスはブルームバーグの経済ニュースに切り替え、とりとめもなく考え事にふけった。十回はチャンネルを替えたところで、玄関の呼び鈴が鳴った。彼は罵詈雑言を吐いた。クソが、夜の十時だぞ、いったいどこの誰だ？　そのまま居留守を使おうかとも考えた。

だが、ひょっとしたらパウリーナかもしれないという考えが浮かび、彼はのそりと立ち上がって玄関へ向かうと、ぐいとドアを開けた。だが、そこにいたのは妻ではなかった。ぶすっとした背の低い黒髪の女で、ジーンズにパーカーという姿で玄関先に立っている。手にはバッグを持ち、廊下の床を見下ろしていた。

「押し売りなら断わるぞ」とトーマスは言った。

「掃除のことなんだけど」と女は答えた。

「それなら上司に伝えとけ。ここに来てる女はクビだ。仕事をさぼる掃除屋にかかずらってる暇はないからな」

「清掃会社は悪くない」と女は言った。

「何だと？」

「今日の掃除をキャンセルしたの、わたしだから」

「おまえが何をしたって？」

「掃除をキャンセルした。自分でやるから」

「おまえ、わからないのか？　もう掃除はいらないんだよ。さっさと失せろ」とトーマスは吐き捨て、ドアを力まかせに閉めようとした。

ところが女はドアのすきまに足を差し込み、中まで入り込んできた。そのときになって初めて、トーマスはこの女がどこかおかしいと気づいた。歩き方が怪しい。両腕も上半身も動かさず、かすかに首を傾げて歩くのだ。窓のほうにある手の届かない一点を凝視しているかのように。ふと、この女は犯罪者かもしれない、あるいは頭がおかしいのではないか、と思った。その瞳(ひとみ)は冷ややかに輝いていて、どことなく上(うわ)の空にも見え、トーマスは出せるかぎりの威厳を総動員して言った。

「いますぐ出ていかないと警察を呼ぶぞ」

女は答えなかった。聞こえてすらいないようだった。無言のまま身をかがめ、バッグの中から長いロープを取り出した。テープのロールも出てきて、トーマスはしばし言葉を失った。

「出ていけ！」とやがて叫び、女の手をがしりとつかんだ。

だが、どういうわけか、気がつけばトーマスのほうが女につかまれていた。そのままダイニングテーブルのほうまで引きずられ、トーマスは激しい怒りにかられたが、同時に怖くもなった。手を振りほどく。女を殴るか、壁に向かって突きとばすことを考えていたが、結局何もできなかった。女が突進してきたせいで、後ろにのけぞってテーブルの上に仰向けに倒れたのだ。それからほんの一、二秒で、あいかわらず目を冷たく輝かせたまま女が覆いかぶさってきて、あっという間にロープで彼を縛り上げ、抑揚のない声でこう言った。

「これから、あんたのシャツにアイロンをかける」

それから彼の口をテープで覆い、獲物を眺める捕食獣のような目で見つめてきた。こんな恐怖を感じるのは生まれて初めてだ、とトーマス・ミュラーは思った。

ミカエルも大幅に体温が下がり、大量の水が肺に入った状態で、フォシェルと同じヘリコプターで搬送された。しばらくはほぼ意識不明の状態だった。が、それでもわりに回復は早く、そうして夜も更けたいま、医師の巡回が終わり、三度にわたって軍情報局に尋問されたのち、海に浮かんだままだったボートから回収された携帯電話などの持ち物が、ようやく返ってきた。

帰宅してもよいと言われたが、医師には朝まで病院にとどまるよう勧められた。加えて、マットソンという名の検事がいっさいの情報公開を禁じたとも聞かされた。ミカエルは抗議したくなり、妹のアニカ・ジャンニーニ弁護士に電話をかけようかとも考えた。

ジャーナリストを沈黙させる行為にはろくな法的根拠がないことを知っていたし、そもそも軍情報局の振る舞いはあまりに自分勝手すぎると感じている。だが、放っておくことにした。いずれにせよ、この件をとことんまで調べ上げないかぎり、ひとことも書くわけにはいかないのだ。しばらくのあいだ、ミカエルはベッドに残ってじっと座ったまま、落ち着きを取り戻そうとしていた。が、長く放っておいてはもらえなかった。

またドアをノックする音がして、四十歳ほどの背の高い女性がこちらへ向かってきた。髪はダークブロンドで、目が充血している。ミカエルはなぜか――ちょうどそのとき、携帯電話にずらりと表示された不在着信の列を見つめていたせいかもしれない――それがレベッカ・フォシェルであることにしばらく気づかなかった。レベッカはグレーのジャケットに白いTシャツという姿で、両手が震えていた。あなたが帰ってしまう前にお礼を言わなければと思って、と彼女は言った。

「容体はどうですか？」とミカエルは尋ねた。

「最大の危機は脱しました。ですが、脳が損なわれたかどうかはわかりません。まだ判断がつかないそうです」

　ミカエルは隣の椅子を彼女にすすめた。

「そうですか」

「あなたご自身も命の危険があったと聞きました」

「それは大げさですよ」

「それでも……ご自分がなさったことの意味、わかってらっしゃいます？　私たちにとっての意味。わかります？　どんなに大きな意味のあることだったか」

「そんなふうに言っていただけるとは感激です」とミカエルは言った。「ありがとうございます」

「私たちに何かできることはありますか」

　ニマ・リタについて、知っていることを全部話してください、とミカエルは頭の中で言った。本当のことを、全部。

　代わりに、こう口にした。

「ヨハネスが回復して、そのあともっと穏やかな仕事を得られるよう、支えてあげてください」

「しばらく前から、ずっとつらい思いをしていました」

「そうでしょうね」

「でも……」

レベッカは途方に暮れた様子で、左腕をそわそわと右手でさすっている。

「何でしょうか」

「ついさっき、インターネットでヨハネスについて書かれていることを読んでみたら、みんな急にまたやさしくなったみたい。もちろん全員ではありませんが、大半の人たちが。なんだか現実とは思えません。これまでどんな悪夢の中で生きてきたか、よけいに実感したような気がします」

ミカエルは無言で身を乗り出し、レベッカの手を取った。

「『ダーゲンス・ニューヘーテル』紙に電話して、自殺未遂だったたって話したのは、私なんです。本当にそうなのかどうか知りもしないのに。ひどいことをしたとお思いですか？」とレベッカは続けた。

「あなたなりの理由があってのことでしょう」

「わかってほしかったんです、事がどこまでエスカレートしていたか」

「理にかなっていると思いますよ」

「軍情報局の人たちから、とても奇妙な話を聞きました」とレベッカは言い、絶望の表情でミカエルを見た。

ミカエルはできるかぎり穏やかに言った。

「どんな話ですか？」

「ストックホルムでニマ・リタが遺体となって見つかったことを、あなたが突きとめたと」

「ええ、実に奇妙な話です。彼とは親しかったんですか？」

「お話ししてもいいのかどうか。あの人たちに、ずっとしつこく言われているんです。その件については黙っているように、と」

「ぼくもしつこく言われています」とミカエルは言い、すぐに付け加えた。

「ですが、従う義務があるでしょうか？」

レベッカは悲しげな笑みをうかべた。

「ないかもしれませんね」

「そういうことです。ニマ・リタとは親しかったんですか？」

「ベースキャンプでの短いあいだは、ええ。私たちは彼のことがとても好きだったし、彼も気に入ってくれていたと思います。ニマはいつもヨハネスのことを『サヒブ、サヒブ』

と呼んでいました。『ベリー・グッド・パーソン』とも。ニマにはとてもすてきな奥さんがいて」

「ルナですね」

「そう、ルナ。私たちみんな、彼女にはとてもよくしてもらいました。いつも休みなく働いている人でね。あのあと私たち、夫妻がパンボチェに家を建てるのを援助しました」

「よいことをなさいましたね」

「それはどうかしら。彼の身に起きたことについて、私たちみんな悪いことをしたと感じていましたから」

「ニマはカトマンズから姿を消して、死んだと思われていたのに、その三年後にストックホルムに現われて亡くなった。いったいどういう経緯でそうなったのか、見当はつきますか？」

レベッカは切羽詰まった目でミカエルを見た。

「考えただけで胃が痛くなります」

「わかりますよ」

「クンブ地方にいた男の子たちを見てほしかったわ」

「どうしてですか？」

「みんなニマのことを崇拝していました。彼は何人もの命を救ったんです。そのためにひどい代償を払うはめになったけれど」

「もう山に登れなくなりましたね」

「誹謗中傷の的にもなりました」

「全員が悪く言っていたわけではないでしょう？」

「それでも、彼を謗る人はたくさんいました」

「どんな人たちですか？」

「クララ・エンゲルマンと近しかった人たちは、みんな」

「たとえば、クララの夫とか？」

「ああ、ええ、もちろん彼もですね」

　レベッカの声に含まれた曖昧さを、ミカエルは聞きとった。

「いまのは不思議なお答えでしたが」

「そうかもしれません。でも、何と言うか……あれは一般に知られているよりもっと複雑な話で、たくさんの弁護士が絡んでいます。何年か前には、あの件についての本を出そうとしていたアメリカの出版社が、出版を取りやめるということもありました」

「スタン・エンゲルマンの弁護士がそうさせたということですね？」

「ええ。エンゲルマンは不動産界の大物で、表向きは実業家ですが、その本質はギャング、マフィアです。少なくとも私はそう思っています。それに私、知っているんです――エンゲルマンは、クララが亡くなるしばらく前から、彼女のことを苦々しく思っていました」

「なぜですか？」

「クララが登山隊のガイド、ヴィクトル・グランキンと恋に落ちて、スタンと別れようとしたから。離婚するつもりだと言っていました。離婚して、スタンがどんなにうぬぼれきったろくでもない男だったか、マスコミにぶちまけるつもりだと。これはエンゲルマンにうまく封殺されましたね。それでもゴシップサイトを見れば少しは情報が見つかりますが」

「なるほど」

「とにかく泥沼でした」

「その件については、ニマ・リタも知っていましたか？」

「クララたちは秘密にしようとしていたけれど、きっと知っていたでしょうね。彼女の世話を任されていたわけですから」

「周囲に黙ってもいたでしょうか？」

「ええ、たぶん。少なくとも、彼の精神がまだまいっていなかったころは。奥さんが亡くなってからはどんどん支離滅裂になっていったと聞いているので、うわごとのような調子で周囲に漏らしていたとしても驚きません。ほかのこともいろいろ言っていたでしょうね」

ミカエルはレベッカ・フォシェルを見つめた。その瞳を、椅子の上で力なくうなだれている背の高い体を見つめた。これから言うことを口にするのはためらわれた。

「亡くなる直前、ニマはヨハネスについてもうわごとを言っていたようです」

怒りがさっと燃え上がる。だが、レベッカはその怒りを表に出さないよう気をつけた。彼に怒りをぶつけるのが不当なのは、当然わかっている。ミカエル・ブルムクヴィストは自分の仕事をしているだけだ。しかも彼は夫の命を救ってくれた。だが、彼が言ったことのせいで、何より心のざわつく疑念を思い出させられた。エベレストでのことや、ニマ・リタについて、ヨハネスが自分に何か隠しているのではないか、という疑念。というのも、レベッカは正直なところ初めから、ヨハネスが誹謗中傷のせいでまいってしまったのだとは思っていなかった。

ヨハネスは闘志あふれる人で、そう簡単に屈服しない。馬鹿みたいに楽観的で、見通しがどんなに暗くてもがむしゃらに突き進んでいく人間だ。彼が心底打ちのめされているところを目にしたのは、今回のサンド島と、エベレスト登頂を果たした直後、あのときだけだった。だから彼女自身、あの過去と現在にはつながりがあるのだろうと考えはじめていた。怒りが湧き上がってきたのはきっとそのせいだ。ミカエルのせいではない。怒りをぶつけるのは使者を斬るようなものだ。

「私にはわかりません」と彼女は言った。

「本当に？」

レベッカは黙っていた。それから口を開いたが、すぐに後悔した。

「スヴァンテから話を聞くべきです」

「スヴァンテ・リンドベリですね」

「ええ」

スヴァンテへの好感はすでに消えている。ヨハネスが彼を政務次官に任命したときには家で大喧嘩（おおげんか）になった。スヴァンテは一見したところ、まるでヨハネスのコピーのようで、エネルギッシュなところも、軍人らしく溌剌（はつらつ）としたところも似ている。だが本質的にはまったく似ていない。ヨハネスは、信頼に値しないという確証がないかぎり、あらゆること、あらゆる人に信頼を寄せるタイプだが、スヴァンテはつねに頭の中でひそかに計算をし、周囲を操ろうとするタイプだ。

「スヴァンテ・リンドベリから、どんな話が聞けるのでしょうか」とミカエルが尋ねてきた。

　彼自身の利益になる話よ、とレベッカは頭の中で答えた。

「エベレストで何があったかについて」とレベッカは言い、いま自分はヨハネスを裏切っているのだろうか、と考えた。

だが、ヨハネスがもし、エベレストで起きたすべてを話してくれていないのだとしたら、それこそ裏切り行為だ。レベッカは立ち上がり、ミカエル・ブルムクヴィストを抱擁（ほうよう）してまた礼を言ってから、集中治療病棟に戻った。

第十八章

八月二十七日にかけての夜

ウルリケ・イェンセン警部補はコペンハーゲンの王立病院で、被害者トーマス・ミュラーと最初の事情聴取を行なった。ミュラーは午後十一時十分、両腕と胸の上部に火傷を負って病院にやってきた。ウルリケは四十四歳、幼い子どものいる母親でもあり、長年にわたって性犯罪を担当してきた。が、いまは異動して暴力犯罪課に所属し、しばしば夜勤をこなしている。家庭のいまの状況では、そうするのがいちばん好都合なのだ。というわけで、酒に酔ってわけのわからないことを言う証人にはそれなりに出会ってきた。が、そんな中でもこいつが優勝だ。

「痛みがひどいのも、モルヒネで朦朧としているのもわかるけれど」と彼女は言った。「ちょっと冷静になれない？　人相の話に集中しましょう」

「あんな目、初めて見た」とミュラーはつぶやいた。

「それはさっきも聞きました。もっと具体的なことを教えてくれなきゃ。その女、何か目立つ特徴はなかったの？」

「若くて、背が低くて、髪が黒くて、幽霊みたいな話し方だった」

「幽霊みたいな話し方、というと？」

「感情がないっていうか……何か、ほかのことを考えてるみたいだった。上の空で」

「で、その女が何と言ったんだっけ？　もう一度教えてもらえる？　どんなことがあったのか、もう少しはっきりさせないと」

「自分の服にはアイロンなんかかけないから、こういうことは苦手、だからじっとしてなさい、って」

「凶悪ね」

「頭おかしいだろ」

「ほかには？」

「また追いかけてくる、って。もし……」

「もし？」

トーマス・ミュラーは病室のベッドの上で身をよじり、無力感にとらわれたような表情でウルリケを見た。

「もし、何？」ウルリケは繰り返した。

「おれが女房を放っておかなかったら。もう二度とあの女には会わせないって言われた。離婚しろ、って」

「奥さんは旅行中っていう話だったよね？」

「そうだよ、あの女……」

ミュラーは何やらつぶやいたが、ウルリケには聞きとれなかった。

「あなた、奥さんに何かしたの？」と彼女は続けた。

「おれは何もしてない。あの女が……」

「奥さんが、何？」

「勝手に出ていったんだ」

「どうして出ていったんだと思う？」

「あいつはクソ淫……」

ミュラーは何やらおぞましいことを言いかけたが、最後まで言わないだけの分別は備えていた。どうやらこの事件には、事件そのものに負けず劣らず醜悪な前段階があるらしい、とウルリケ・イェンセンは察した。が、さしあたりそちらは脇に置くことにした。

「ほかには何も覚えていない？　捜査に役立ちそうなこと」

「あんたは運が悪い、って言われた」

「運が悪い？　どうして？」

「この夏はクソみたいなことをいろいろ抱えてたから、いまのわたしはちょっと頭がおかしい、って」

「どういう意味だろう？」

「知るかよ」

「その女が去ったときの様子は？」

「口のテープをはがされた。もう一回、同じことを言われた」

「奥さんに近づくな、と？」

「近づくつもりなんてないよ。もう顔も見たくない」

「なるほどね」とウルリケは言った。「さしあたりはそれが賢明でしょうね。じゃあ、今夜も奥さんとは話をしていないのね？」

「あの女の居場所すら知らないって言っただろ。頼むよ……」

「そう」

「さっさと仕事にかかって、なんとかしてくれよ。あの女、完全にいかれてる。こっちの命が危ない」

「全力を尽くします」とウルリケ・イェンセンは言った。「それは約束する。でも、どうやら……」

「何だよ？」

「ちょうどその時間帯、近所の監視カメラがいっせいに故障していたらしくて、手がかりがほとんどないのよね」とウルリケは続けた。この仕事にはもううんざりだ、という気持ちが急に湧き上がってきた。


時刻は真夜中をわずかに過ぎている。リスベットはアーランダ空港からタクシーに乗り、アニカ・ジャンニーニに教わった離婚弁護士について調べていたところで、ミカエルからの暗号化されたメッセージを受信した。だがあまりに疲れていて精神的にもぼろぼろの状態なので読む気になれず、やがて弁護士について調べるのもやめて、うつろな目で窓の外を眺めていた。自分はいったいどうしてしまったのだろう？

パウリーナのことは気に入っている。自分なりの歪んだ形ではあるが、愛してすらいたかもしれないと思っている。だが、その愛情を、自分はどうやって示しただろう？　絶望しきったパウリーナをミュンヘンの実家に帰して、彼女の夫に襲いかかったのだ。まるで愛情の欠けている部分を、復讐することで埋め合わせるかのように。あれほどの悪をもたらした妹のほうは殺せなかったくせに、コペンハーゲンでトーマス・ミュラーの命を奪うことのほうは、まばたきひとつせずにできそうだった。

アイロンを持ってミュラーに馬乗りになっていたとき、この世のあらゆる悪党どもの中で、とくにザラチェンコやビュルマン弁護士、精神科医テレボリアンの記憶がちらちらと頭をよぎった。それで、自分の中で何かが破裂した。これまでの人生の遺恨をすべて晴らしたい、そんな気持ちになった。錯乱せずに済んだのは意志の力を総動員したからだ。なんということだろう。気を引き締めなければ。

しっかりしなければ、この状態は続くだろう――行動すべきときに迷い、冷静さが求められるときに我を忘れてしまう。

トヴェルスコイ大通りでリスベットを貫いた、あの新たな洞察には、彼女をぐらつかせる何かがあった。夜、カミラがザラに連れていかれても、自分は何もできずに横たわっていた、というだけではない。母も同じだったのだ。母はどこまで知っていたのだろう？　母も真実から目をそらしていたのだろうか？　そんな考えが彼女の中で違和感を増し、自分自身が怖くなっていく。この優柔不断が怖い。いつか必ず来る運命、人生最大の戦いが迫ってきても、ろくに戦えないのではないか。

プレイグの助けを借りて、ストランド通りのマンション周辺の監視カメラをハッキングしたリスベットは、スヴァーヴェルシェー・オートバイクラブの連中がカミラ宅を訪れたことを把握していた。妹はあらゆる手を駆使して自分を追っている。チャンスを手にしたが最後、けっしてためらいはしないだろう。そうだ、しっかりしろ、こちらも気を引き締めなくては。強く、迷いのない自分に戻らなければ。だが、何よりもまず、これから行くところを探さなければならない。

もう彼女の家はストックホルムにないのだ。リスベットは考えをめぐらせ、いくつかの選択肢を検討した。そんな中で、ミカエルのメールにもざっと目を通した。フォシェルとシェルパの件で、それなりに興味深い話ではありそうだが、首を突っ込んでいる余裕はない。それでも思いつくままに返事を書き、その内容にわれながら驚いた。

いまストックホルム。すぐ会う？　ホテルで。

あられもない誘いと言ってしまえばそれまでだが、それだけではないと自分では思っている。あまりに孤独で絶望しているから、というわけでもない。これは……安全対策でもある。カミラやその手下どもが、リスベットを見つけられないなら代わりにその親しい人たちを襲おう、と考える可能性は大いにあるのだから。そうだろう？　だから、名探偵カッレくんをホテルの部屋に閉じ込めておくのはいいことだ。

とはいえ、ミカエルはその気になれば自分でどこかに閉じこもることもできるわけで、それから十分、十五分、二十分と、来ない返事を待ちつづけたリスベットは、ふんと鼻を鳴らして目を閉じた。このまま永遠に眠れそうだと思った。実際、うとうととまどろんでいたのだろう。ついにミカエルから返事が来たとき、彼女の体はまるで攻撃を受けたかのようにぎくりと震えた。


妹のアニカに新しい服を渡され、ベルマン通りの自宅まで車で送ってもらったミカエルは、そのままベッドに倒れ込むだろうと自分で予想していたが、蓋を開けてみればパソコンに向かって座り、実業家スタン・エンゲルマンについて検索していた。エンゲルマンは現在七十四歳、再婚しており、贈賄や脅迫の容疑で捜査の対象になっている。ラスベガスにあるホテル三軒の売却に関連してのことらしい。まだ何も確定してはいないし、本人ももちろん否認しているが、それでも彼のビジネス帝国は揺らいでいるようだ。ロシアやサウジアラビアの取引先に助けを求めているらしいとも言われている。

スタン・エンゲルマンがニマ・リタについて公に発言したことは一度もない。だが、ニマをサーダーとして雇ったガイドの故ヴィクトル・グランキンのことは激しく攻撃していて、グランキンの会社〈エベレスト・アドベンチャー・ツアーズ〉を訴えもした。訴訟はモスクワの裁判所で和解に至ったが、これによって同社はたちまち破産に追い込まれた。というわけで、ニマ・リタの所属していた登山隊に対する怒りがあったことには疑いの余地がない。だが、それがわかったところで、ニマ・リタが突如、ほかならぬストックホルムに現われた説明はまったくつかず、ミカエルはいったんこの線の調べをやめて――エンゲルマンのあらゆる不動産取引、女性関係、馬鹿げた行動の数々について調べ上げるには、あまりに疲れすぎてもいた――代わりにスヴァンテ・リンドベリについて調べることにした。彼こそ、エベレストでフォシェルに何があったかを、誰よりもよく知る人物にちがいない。

スヴァンテ・リンドベリの階級は中将、元は沿岸猟兵部隊の所属で、おそらく彼も諜報員だったのだろう。フォシェルとは若いころから親しい友人だった。そして、経験豊富な登山家でもあった。エベレストの前に、八千メートル峰三座――ブロード・ピーク、ガッシャーブルム、アンナプルナの登頂を果たしている。二〇〇八年五月十三日の午前、登山隊のペースが落ちてきたときに、ヴィクトル・グランキンが彼とヨハネスをほかのメンバーに先んじてふたりで頂上へ向かわせたのも、おそらくこうした実績を踏まえてのことだろう。だが、エベレストで本当は何があったのかについては、明日にでも徹底的に調べるとしよう、とミカエルは考えた。さしあたりわかったのは、ヨハネス・フォシェルへの誹謗中傷キャンペーンで、スヴァンテ・リンドベリもその標的になっていた、ということだ。

国防省を牛耳っているのはリンドベリである、との主張があちこちで見つかった。だが、彼がインタビューに応じることはめったにない。ミカエルが見つけた中でもっとも私的な情報は、三年前に『ランナーズ・ワールド』誌に載った長めの紹介記事だった。そして、実際にその記事を読んだのだろうが、いまひとつ自信がない。〝もうだめだと思った時点で、まだエネルギーは七十パーセント残っている〟との言葉を読んだ記憶はある。だが、そのまま寝入ってしまったようだ。

パソコンの前で目を覚ましたときには、全身が震え、ヨハネス・フォシェルが水底に沈んでいく場面が網膜に映っていて、どうやら自分は疲労困憊しているだけではないらしい、とミカエルは自覚した。ショック状態でもあるのだ。やっとの思いでベッドにたどり着く。すぐに眠れるだろうと思っていた。だが、脳内でさまざまな思考が猛烈な勢いで渦巻いている。結局、携帯電話を手に取ったところで、リスベットから返事が来ていることに気づいた。

いまストックホルム。すぐ会う？　ホテルで。

あまりに疲れていたので、もう一度読み返した。そして……この感情は何だろう？　気まずさ？　居心地の悪さ？　自分でもよくわからない。ただ、見なかったふりをしたい、と思った。とはいえ、リスベット相手にそんな手は通用しないだろう。すでに既読通知が行っているのだろうから。どうしよう？　断わる気力はない。受け入れる気力はもっとない。ミカエルは目を閉じ、頭を整理しようとした。なるほど、リスベットはストックホルムにいる。で、いますぐホテルで会いたいと言ってきている、のか？　これには、いますぐホテルで会いたいという以外に、何か意味があるのだろうか？

「くそっ、いいかげんにしろよ、リスベット」とミカエルはつぶやいた。

起き上がり、室内をそわそわと歩きまわる。リスベットのせいでよけいに落ち着かなくなった気がする。そうしてふと、ベルマン通りに面した窓の外を見やると、〈ビショップス・アームズ〉のあたりに人影が見えた。前にも見たことのある人影だとすぐにわかった。サンドハムンで見かけた、長髪をひとつに結んだ男だ。ミカエルは腹を殴られたかのようにぎくりと震えた。もう疑いの余地はない。そうだろう？

見張られているのだ。彼はまた悪態をついた。心臓が脈打ち、口の中が乾く。ブブランスキーか誰か、警察の人間にすぐ連絡しなければ。だが、そうはせず、代わりにリスベットに返事を書いた。

［ぼくは監視されてる］

返答はこうだった。

［わたしのせい。撒くのを手伝ってあげる］

尾行を撒いてる余裕なんかないんだ、とにかく眠りたい、まともな休暇を取りたい、単純で穏やかなこと以外は全部忘れたい――ミカエルはそう叫びたくなった。

が、こう書いた。

［了解］

（下巻につづく）

訳者あとがき

本書『ミレニアム6　死すべき女』は、『ミレニアム』三部作の著者スティーグ・ラーソンの死後、シリーズを書き継いだダヴィド・ラーゲルクランツによる三作目、シリーズの第六部にあたる。

『ミレニアム』三部作の執筆を終えたスティーグ・ラーソンはその後、第一部の刊行を見届けることなく、二〇〇四年十一月に享年五十でこの世を去った。が、この三部作が世界中で大人気となったのを受けて、スウェーデンの版元ノーシュテッツ社は、別の作家、ダヴィド・ラーゲルクランツによる『ミレニアム』続篇の刊行を決定した。

こうして、ラーゲルクランツによる第四部『ミレニアム4　蜘蛛の巣を払う女』が、本国スウェーデンで二〇一五年八月に刊行された。ラーソンのパソコンには第四部の原稿が残っていたといわれているが、この遺稿は反映されていない。二年後の二〇一七年九月、

第五部『ミレニアム5　復讐の炎を吐く女』が刊行される。さらにその二年後、スウェーデンで二〇一九年八月二十二日に発表されたのが、第六部である本書『ミレニアム6　死すべき女』（原題 ***Hon som måste dö***「死なねばならない女」）である。ラーゲルクランツはこの第六部が彼による『ミレニアム』シリーズの最終作である旨(むね)を明言している。

ダヴィド・ラーゲルクランツは一九六二年生まれ。ジャーナリストから作家に転身した。『ミレニアム』シリーズ以前の代表作は『I　AM　ZLATAN　ズラタン・イブラヒモビッチ自伝』（沖山ナオミ訳・東邦出版）だが、作家としてのデビュー作は一九九七年、スウェーデンの登山家・冒険家ヨーラン・クロップについてのノンフィクション ***Göran Kropp 8000 plus***（ヨーラン・クロップ８０００＋）（未訳）だった。クロップはその前年、一九九六年五月にエベレスト登頂を果たしている。ちょうどエベレストで大量遭難事故が起き、本書でも話題にのぼるエベレスト登山の商業化の問題が大いに取り沙汰されたのと同じ時期だ。

本書ではまた、インターネットでの組織的なヘイトスピーチや虚偽情報の拡散も大きなテーマになっているが、これらは生前のスティーグ・ラーソンが注目していた問題でもあった。彼はジャーナリストとして、極右思想や人種差別、外国人排斥(はいせき)主義に反対の立場をとり、こうしたテーマを専門に調査や報道を行なっていたのだ。ラーソンが亡くなった二〇〇四年以降、極右思想やポピュリズムの広がりにおいて、インターネットはさらに重要な役割を果たすようになった。こうした流れを、ラーゲルクランツは巧みに物語の中に取り入れている。

ラーソンの死後、『ミレニアム』シリーズを別の著者で継続するという決定は、スウェーデンで賛否両論を巻き起こした。以来、『ミレニアム』シリーズの執筆はラーゲルクランツにとって、喜びと苦しみの共存する道のりであったようだ。第四部の刊行前にはすさまじいプレッシャーに苦しみ、それが発表され高く評価されてからも嵐のような日々が続いた。プロモーションのため世界中を旅してまわることになり、その疲れがたたって鬱状態に陥った、とくに第五部の刊行後はひどかった、と彼はあちこちのインタビューでオープンに語っている。

ラーゲルクランツにとって、そうした状態から抜け出す方法のひとつは、体を動かすことなのだという。本書でミカエル・ブルムクヴィストがジョギングをしているのは、自分自身の反映だと思う、とラーゲルクランツは語っている。「スティーグ・ラーソンは生前、リスベットがジャンクフードを食べているのは自分がそうだからだ、と言っていたそうです。彼はヘビースモーカーでもありましたね。だが、私は作品の中に自然と、自分自身を少しずつ投影していくことになった。だから登場人物たちはもう煙草(たばこ)を吸っていない。ミカエルが自分に似てきたとも感じているから、彼がジョギングを始めたのも自然な流れでしょう。リスベットにファストフードをやめさせることはできませんが」（『エクスプレッセン』紙、二〇一九年八月二十二日付のインタビューより）

執筆にあたり、ラーゲルクランツはスティーグ・ラーソンの三部作を熟読し、その文章のトーンを徹底的に学んだという。が、第五部、第六部とシリーズが進むにつれ、登場人物の習慣だけでなく、物語の面でも、ラーゲルクランツの個性が少しずつ前面に出てきていると言っていいだろう。

ラーゲルクランツはラーソンの三部作に残っていた伏線をふくらませ、回収し、ついにこの第六部で終止符を打った。「とにかく最高の気分です」と『アフトンブラーデット』紙（二〇一九年八月十九日付）のインタビューで語っている。「すばらしい旅だった。失敗する恐怖と、書きたいという欲求、その両方にかられてここまで来ました。が、こうして終わりを迎え、作家として次の段階に移れる、新たな未知の土地へ飛び込んでいくことができるのも、また最高の気分です」

この言葉のとおり、ラーゲルクランツはこの第六部をもって『ミレニアム』シリーズを離れ、今後は独自のミステリ三部作を執筆する予定だという。これまで、第六部以降も執筆を続けるかどうかについては、本人にも迷いがあったのか、発言が二転三転していたが、ついに意向が固まったようだ。版元ノーシュテッツ社によるインタビューではこう語っている。「もう何年も緊張状態で『ミレニアム』だけに集中してきた。もしこのまま続けたら、執筆が型どおりの繰り返しになってしまうおそれがある。このシリーズにそんな態度で臨むのはふさわしくない」

それでも、『ミレニアム』シリーズのさらなる継続を望む出版関係者は多い。

本書の刊行から一週間後の二〇一九年八月二十九日、スティーグ・ラーソンによる三部作からずっと『ミレニアム』シリーズを刊行してきたノーシュテッツ社が、同シリーズの今後の出版権を失うことになった、と報道された。ラーソンの遺産相続人であり、シリーズの版権の権利者にあたるラーソンの父と弟が、ノーシュテッツ社との契約を打ち切ることにしたのだという。報道によれば、四社が版権をめぐってラーソンの遺族に連絡を取ったそうで、その中には、ホテルや不動産開発業で一財産を成し、出版界への進出を表明して話題になった、ノルウェーの大富豪ペッテル・ストルダーレンの出版社、ストロベリー・パブリッシングの名もあった。二〇二〇年十二月中旬現在、『ミレニアム』シリーズの今後については、どの出版社がどの作家に依頼して継続するのかも、そもそも継続されるのか否かも、いっさいはっきりしていない。

いずれにせよ、リスベット・サランデルは何らかの形でこれからも生きつづけるだろう、とダヴィド・ラーゲルクランツはスウェーデン公営テレビのインタビュー（八月二十二日）で語っている。「リスベット・サランデルは、死なせるにはあまりにも惜しいキャラクターだ」と。

新しい作家が『ミレニアム』シリーズを継続するとしたら、今度はその作家の個性が、物語や登場人物に投影されていくことになるのだろう――ラーゲルクランツの『ミレニアム』が、少しずつ彼の作品になっていったように。『ミレニアム』シリーズは、そうした変化に耐えうるだけの魅力を備えている。

シリーズを終えるにあたり、ダヴィド・ラーゲルクランツは、自分がシリーズを書き継いだことによって、スティーグ・ラーソンによる三部作が忘れ去られることなく、彼のジャーナリストとしての活動にもあらためてスポットライトが当たったことを嬉しく思う、と語っている（版元ノーシュテッツ社によるインタビュー）。

二〇一九年五月、『ミレニアム』シリーズの全世界における累計販売部数が一億部を突破した。このうち八千六百万部が、スティーグ・ラーソンによる三部作だという。死後十五年が経ったいまでも、彼の偉業はまったく輝きを失っていない。

本書の翻訳にあたっては、基本的にスウェーデン語版の原書をテキストとして使用したが、英訳版にのみ盛り込まれた著者本人による改稿が数カ所あり、日本語版にはこれらの改稿も反映させた。ヘレンハルメが上巻を、久山が下巻を担当して一次訳をし、全体をヘレンハルメが仕上げる形をとった。編集を担当された松木孝さん、山口晶さんをはじめとする早川書房の方々、株式会社リベルの山本知子さんと岡田直子さんに、この場を借りてあらためてお礼を申し上げたい。

二〇二〇年十二月

ヘレンハルメ美穂

本書は、二〇一九年十二月に早川書房より単行本として刊行された作品を文庫化したものです。

〈訳者略歴〉
ヘレンハルメ美穂　国際基督教大学卒，パリ第三大学修士課程修了，スウェーデン語翻訳家　訳書『ミレニアム１』ラーソン（共訳／早川書房刊）他
久山葉子　神戸女学院大学卒，スウェーデン語翻訳家　訳書『許されざる者』ペーション他

HM=Hayakawa Mystery
SF=Science Fiction
JA=Japanese Author
NV=Novel
NF=Nonfiction
FT=Fantasy

ミレニアム６
死すべき女
〔上〕

〈HM㊻-5〉

二〇二一年二月二十日　印刷
二〇二一年二月二十五日　発行
（定価はカバーに表示してあります）

著者　ダヴィド・ラーゲルクランツ
訳者　ヘレンハルメ美穂
　　　久山葉子
発行者　早川浩
発行所　株式会社　早川書房
郵便番号　一〇一 - 〇〇四六
東京都千代田区神田多町二ノ二
電話　〇三 - 三二五二 - 三一一一
振替　〇〇一六〇 - 三 - 四七七九九
https://www.hayakawa-online.co.jp

乱丁・落丁本は小社制作部宛お送り下さい。
送料小社負担にてお取りかえいたします。

印刷・三松堂株式会社　製本・大口製本印刷株式会社
Printed and bound in Japan
ISBN978-4-15-183005-1 C0197

本書は活字が大きく読みやすい〈トールサイズ〉です。